季羡林 等 著

忽有
故人
上心头

古吴轩出版社

图书在版编目（CIP）数据

忽有故人上心头 / 季羡林等著. -- 苏州：古吴轩出版社，2022.12

ISBN 978-7-5546-1977-3

Ⅰ．①忽… Ⅱ．①季… Ⅲ．①散文集－中国 Ⅳ．①I26

中国版本图书馆CIP数据核字（2022）第146408号

责任编辑：顾　熙
见习编辑：张　君
策　　划：村　上　苟　敏
封面设计：言　成
内文插画：桃　年

书　　名：忽有故人上心头
著　　者：季羡林等
出版发行：古吴轩出版社
　　　　　地址：苏州市八达街118号苏州新闻大厦30F
　　　　　电话：0512-65233679　　　邮编：215123
印　　刷：天宇万达印刷有限公司
开　　本：787×1092　　1/32
印　　张：7
字　　数：111千字
版　　次：2022年12月第1版
印　　次：2022年12月第1次印刷
书　　号：ISBN 978-7-5546-1977-3
定　　价：46.00元

如有印装质量问题，请与印刷厂联系。0318-5302229

编辑说明
EDIT MEMO

　　本书收录了丰子恺、丁玲、季羡林、汪曾祺、朱自清、胡适、郁达夫、俞平伯等一批知名作家的散文名篇。

　　本书以怀人纪事为主线，原汁原味地呈现《怀李叔同先生》《悼夏丏尊先生》《访梅兰芳》等名篇。本书配有全新插图，为精华之选，以飨读者。

　　本书所选篇目根据权威版本进行校订。编校时最大程度上保留原作精髓，部分字词如"的""得""地"、"他""她""它"、"做""作"、"枝""支"等均依循原作。因所选文章创作年份不同，书中不同篇目中的字词用法并不统一，特此说明。另，本书部分文章为节选。

目录
CONTENTS

辑一 从来只有情难尽

辑二　今日花开又一年

辑三　人间难免别离愁

辑五　此情可待成追忆

从来只有情难尽

怀李叔同先生

———

丰子恺

距今二十九年前，我十七岁的时候，最初在杭州的浙江省立第一师范学校里见到李叔同先生，即后来的弘一法师。

那时我是预科生，他是我们的音乐教师。

我们上他的音乐课时，有一种特殊的感觉：严肃。摇过预备铃，我们走向音乐教室，推进门去，先吃一惊：李先生早已端坐在讲台上；以为先生总要迟到而嘴里随便唱着、喊着，或笑着、骂着而推进门去的同学，吃惊更是不小。

他们的唱声、喊声、笑声、骂声以门槛为界限而忽然消灭。接着是低着头，红着脸，去端坐在自己的位子里；端坐在自己的位子里偷偷地仰起头来看看，看见李先生的高高的瘦削的上半身穿着整洁的黑布马褂，露出在讲桌上，宽广得可以走马的前额，细长的凤眼，隆正的鼻梁，形成威严的表情。扁平而阔的嘴唇两端常有深涡，显示和爱的表情。这副相貌，用"温而厉"三个字来描写，大概差不多了。

讲桌上放着点名簿、讲义，以及他的教课笔记簿、粉笔。钢琴衣解开着，琴盖开着，谱表摆着，琴头上又放着一只时表，闪闪的金光直射到我们的眼中。黑板（是上下两块可以推动的）上早已清楚地写好本课内所应写的东西（两块都写好，上块盖着下块，用下块时把上块推开）。在这样布置的讲台上，李先生端坐着。坐到上课铃响出（后来我们知道他这脾气，上音乐课必早到。故上课铃响时，同学早已到齐），他站起身来，深深地一鞠躬，课就开始了。这样地上课，空气严肃得很。

有一个人上音乐课时不唱歌而看别的书，有一个人上音乐时吐痰在地板上，以为李先生不看见的，其实他都知道。但他不立刻责备，等到下课后，他用很轻而严肃的声音郑重地说："某某等一等出去。"于是这位某某同学只得站着。等到别的同学都出去了，他又用轻而严肃的声音向这某某同学和气地说："下次上课时不要看别的书。"或者："下次痰不要吐在地板上。"说过之后他微微一鞠躬，表示"你出去罢"。出来的人大都脸上发红。

又有一次下音乐课，最后出去的人无心把门一拉，碰得太重，发出很大的声音。他走了数十步之后，李先生走出门来，满面和气地叫他转来。等他到了，李先生又叫他进教室来。进了教室，李先生用很轻而严肃的声音向他和气地说："下次走出教室，轻轻地关门。"就对他一鞠躬，送他出门，自己轻轻地把门关了。

最不易忘却的，是有一次上弹琴课的时候。我们是师范生，每人都要学弹琴，全校有五六十架风琴及两架钢琴。风琴每室两架，给学生练习用；钢琴一架放在唱歌教室里，一架放在弹琴教室里。上弹琴课时，十数人为一组，环立在琴旁，看李先生范奏。有一次正在范奏的时候，有一个同学放一个屁，没有声音，却是很臭。钢琴及李先生十数同学全部沉浸在亚莫尼亚气体中。同学大都掩鼻或发出讨厌的声音。李先生眉头一皱，管自弹琴（我想

他一定屏息着）。弹到后来，亚莫尼亚气散光了，他的眉
头方才舒展。教完以后，下课铃响了。李先生立起来一鞠
躬，表示散课。散课以后，同学还未出门，李先生又郑重
地宣告："大家等一等去，还有一句话。"大家又肃立了。
李先生又用很轻而严肃的声音和气地说："以后放屁，到
门外去，不要放在室内。"接着又一鞠躬，表示叫我们出
去。同学都忍着笑，一出门来，大家快跑，跑到远处去大

笑一顿。

　　李先生用这样的态度来教我们音乐，因此我们上音乐课时，觉得比上其他一切课更严肃。同时对于音乐教师李叔同先生，比对其他教师更敬仰。那时的学校，首重的是所谓"英、国、算"即英文、国文和算学。在别的学校里，这三门功课的教师最有权威，而在我们这师范学校里，音乐教师最有权威，因为他是李叔同先生的缘故。

李叔同先生为甚么能有这种权威呢？不仅为了他学问好，不仅为了他音乐好，主要的还是为了他态度认真。李先生一生的最大特点是"认真"。他对于一件事，不做则已，要做就非做得彻底不可。

他出身于富裕之家，他的父亲是天津有名的银行家。他是第五位姨太太所生。他父亲生他时，年已七十二岁。他坠地后就遭父丧，又逢家庭之变，青年时就陪了他的生母南迁上海。在上海南洋公学读书奉母时，他是一个翩翩公子。当时上海文坛有著名的沪学会，李先生应沪学会征文，名字屡列第一。从此他就为沪上名人所器重而交游日广，终以"才子"驰名于当时的上海。

所以后来他母亲死了，他赴日本留学的时候，作一首《金缕曲》，词曰："披发佯狂走。莽中原，暮鸦啼彻，几株衰柳。破碎河山谁收拾，零落西风依旧。便惹得离人消瘦。行矣临流重太息，说相思刻骨双红豆。愁黯黯，浓于酒。　漾情不断淞波溜。恨年年，絮飘萍泊，遮难回首。二十文章惊海内，毕竟空谈何有！听匣底苍龙狂吼。长夜西风眠不得，度群生那惜心肝剖。是祖国、忍孤负？"读这首词，可想见他当时豪气满胸，爱国热情炽盛。

他出家时把过去的照片统统送我，我曾在照片中看见过当时在上海的他：丝绒碗帽，正中缀一方白玉，曲襟背心，花缎袍子，后面挂着胖辫子，底下缀带扎脚管，双梁厚底鞋子，头抬得很高，英俊之气，流露于眉目间。真是当时上海一等的翩翩公子。这是最初表示他的特性：凡事认真。他立意要做翩翩公子，就彻底的做一个翩翩公子。

后来他到日本，看见明治维新的文化，就渴慕西洋文明。他立刻放弃了翩翩公子的态度，改做一个留学生。他入东京美术学校，同时又入音乐学校。这些学校都是模仿西洋的，所教的都是西洋画和西洋音乐。李先生在南洋公学时英文学得很好；到了日本，就买了许多西洋文学书。他出家时曾送我一部残缺的原本《莎士比亚全集》，他对我说："这书我从前纲读过，有许多笔记在上面，虽然不全，也是纪念物。"由此可想见他在日本时，对于西洋艺术全面进攻，绘画、音乐、文学、戏剧都研究。

后来他在日本创办春柳剧社，纠集留学同志，共演当时西洋著名的悲剧《茶花女》（小仲马著）。他自己把腰束小，扮作茶花女，粉墨登场。这照片，他出家时也送给我，一向归我保藏；直到抗战时为兵火所毁。现在我还记得这照片：卷发，白的上衣；白的长裙拖着地面，腰身小到一把，两手举起托着后头，头向右歪侧，眉峰紧蹙，眼波斜睇，正是茶花女自伤命薄的神情。另外还有许多演剧的照片，不可胜记。

这春柳剧社后来迁回中国，李先生就脱出，由另一班人去办，便是中国最初的"话剧"社。由此可以想见，李先生在日本时，是彻头彻尾的一个留学生。我见过他当时的照片：高帽子、硬领、硬袖、燕尾服、史的克、尖头皮鞋，加之长身、高鼻，没有脚的眼镜夹在鼻梁上，竟活像一个西洋人。这是第二次表示他的特性：凡事认真。学一样，像一样。要做留学生，就彻底的做一个留学生。

他回国后，在上海太平洋报社当编辑。不久，就被南京高等师范请去教图画、音乐。后来又应杭州师范之聘，同时兼任两个学校的课，每月中半个月住南京，半个月住杭州。两校都请助教，他不在时由助教代课，我就是杭州师范的学生。这时候，李先生已由留学生变为"教师"，这一变，变得真彻底：漂亮的洋装不穿了，却换上灰色粗布袍子、黑布马褂、布底鞋子。金丝边眼镜也换了黑的钢丝边眼镜。

他是一个修养很深的美术家，所以对于仪表很讲究。虽然布衣，却很称身，常常整洁。他穿布衣，全无穷相，而另具一种朴素的美。你可想见，他是扮过茶花女的，身材生得非常窈窕。穿了布衣，仍是一个美男子。"淡妆浓抹总相宜"，这诗句原是描写西子的，但拿来形容我们的李先生的仪表，也很适用。今人侈谈"生活艺术化"，大都好奇立异，非艺术的。李先生的服装，才真可称为生活的艺术化。他一时代的服装，表出着一时代的思想与生活。各时代的思想与生活判然不同，各时代的服装也判然不同。布衣布鞋的李先生，与洋装时代的李先生、曲襟背心时代的李先生，判若三人。这是第三次表示他的特性：认真。

我二年级时，图画归李先生教。他教我们木炭石膏模型写生。同学一向描惯临画，起初无从着手。四十余人中，竟没有一个人描得像样的。后来他范画给我们看。画毕把范画揭在黑板上。同学们大都看着黑板临摹。只有我和少数同学，依他的方法从石膏模型写生。我对于写生，从这时候开始发生兴味。我到此时，恍然大悟：那些粉本原是别人看了实物而写生出来的。我们也应该直接从实物写生入手，何必临摹他人依样画葫芦呢？于是我的画进步起来。

此后李先生与我接近的机会更多。因为我常去请他教画，又教日本文。以后的李先生的生活，我所知道的较为详细。他本来常读性理的书，后来忽然信了道教，案头常常放着《道藏》。那时我还是一个毛头青年，谈不到宗教。李先生除绘事外，并不对我谈道。但我发见他的生活日渐收敛起来，仿佛一个人就要动身赴远方时的模样。他常把自己不用的东西送给我。

有一天，他决定入大慈山去断食，我有课事，不能陪去；由校工闻玉陪去。数月之后，我去望他。见他躺在床上，面容消瘦，但精神很好，对我讲话，同平时差不多。他断食共十七日，由闻玉扶起来，摄一个影，影片上端由闻玉题字："李息翁先生断食后之像，侍子闻玉题。"这照片后来制成明信片分送朋友。像的下面用铅字排印着："某年月日，入大慈山断食十七日，身心灵化，欢乐康强——欣欣道人记。"

李先生这时候已由"教师"一变而为"道人"了。学道就断食十七日，也是他凡事"认真"的表示。但他学道

的时候很短。断食以后，不久他就学佛。他自己对我说，他的学佛是受马一浮先生指示的。

出家前数日，他同我到西湖玉泉去看一位程中和先生。这程先生原来是当军人的，现在退伍，住在玉泉，正想出家为僧。李先生同他谈得很久。此后不久，我到玉泉去投宿，看见一个和尚坐着，正是这位程先生。我想称他"程先生"，觉得不合。想称他法师又不知道他的法名（后来知道是弘伞）。一时周章得很。我回去对李先生讲了，李先生告诉我，他不久也要出家为僧，就做弘伞的师弟。我愕然不知所对。过了几天，他果然辞职，要去出家。

出家的前晚，他叫我和同学叶天瑞、李增庸三人到他的房间里，把房间里所有的东西送给我们三人。第二天，我们三人送他到虎跑，我们回来分得了他的"遗产"，再去望他时，他已光着头皮，穿着僧衣，俨然一位清癯的法师了。我从此改口，称他为"法师"。法师的僧腊二十四年。这二十四年中，我颠沛流离，他一贯到底，而且修行功愈进愈深。当初修净土宗，后来又修律宗。律宗是讲究戒律的。一举一动，都有规律，严肃认真之极。这是佛门中最难修的一宗。数百年来，传统断绝，直到弘一法师方才复兴，所以佛门中称他为"重兴南山律宗第十一代祖师"。

他的生活非常认真。举一例说：有一次我寄一卷宣纸去，请弘一法师写佛号。宣纸多了些，他就来信问我，余多的宣纸如何处置？又有一次，我寄回件邮票去，多了几分。他把多的几分寄还我。以后我寄纸或邮票，就预先声明：余多的送与法师。有一次他到我家。我请他藤椅子里坐。他把藤椅子轻轻摇动，然后慢慢地坐下去。起先我不敢问。后来看他每次都如此，我就启问。法师回答我说："这椅子里头，两根藤之间，也许有小虫伏着。突然坐下去，要把它们压死，所以先摇动一下，慢慢地坐下去，好让它们走避。"读者听到这话，也许要笑。但这正是做人极度认真的表示。

如上所述，弘一法师由翩翩公子一变而为留学生，又变而为教师，三变而为道人，四变而为和尚。每做一种人，都做得十分像样。好比全能的优伶：起青衣像个青衣，起老生像个老生，起大面又像个大面……都是"认真"的缘故。

现在弘一法师在福建泉州圆寂了。噩耗传到贵州遵义的时候，我正在束装，将迁居重庆。我发愿到重庆后替法师画像一百帧，分送各地信善，刻石供养。现在画像已经如愿了。我和李先生在世间的师弟尘缘已经结束，然而他的遗训——认真——永远铭刻在我心头。

1943 年 4 月，

弘一法师圆寂后一百六十七日，

作于四川五通桥客寓

悼夏丏尊先生

丰子恺

　　我从重庆郊外迁居城中，候船返沪。刚才迁到，接得夏丏尊老师逝世的消息。记得三年前，我从遵义迁重庆，临行时接得弘一法师往生的电报。我所敬爱的两位教师的最后消息，都在我行旅倥偬的时候传到。这偶然的事，在我觉得很是蹊跷。因为这两位老师同样的可敬可爱，昔年曾经给我同样宝贵的教诲；如今噩耗传来，也好比给我同样的最后训示。这使我感到分外的哀悼与警惕。

　　我早已确信夏先生是要死的，同确信任何人都要死的一样。但料不到如此其速。八年违教，快要再见，而终于不得再见！真是天实为之，谓之何哉！

犹忆二十六年（1937）秋，卢沟桥事变之际，我从南京回杭州，中途在上海下车，到梧州路去看夏先生。先生满面忧愁，说一句话，叹一口气。我因为要乘当天的夜车返杭，匆匆告别。我说："夏先生再见。"夏先生好像骂我一般愤然地答道："不晓得能不能再见！"同时又用凝注的眼光，站立在门口目送我。我回头对他发笑。因为夏先生老是善愁，而我总是笑他多忧。岂知这一次正是我们的最后一面，果然这一别"不能再见"了！

　　后来我扶老携幼，仓皇出奔，辗转长沙、桂林、宜山、遵义、重庆各地。夏先生始终住在上海。初年还常通信。自从夏先生被敌人捉去监禁了一回之后，我就不敢写信给他，免得使他受累。胜利一到，我写了一封长信给他。见他回信的笔迹依旧遒劲挺秀，我很高兴。字是精神的象征，足证夏先生精神依旧。当时以为马上可以再见了，岂知交通与生活日益困难，使我不能早归；终于在胜利后八个半月的今日，在这山城客寓中接到他的噩耗，也可说是"抱恨终天"的事！

　　夏先生之死，使"文坛少了一位老将""青年失了一位导师"，这些话一定有许多人说，用不着我再讲。我现在只就我们的师弟情缘上表示哀悼之情。

夏先生与李叔同先生（弘一法师），具有同样的才调，同样的胸怀。不过表面上一位做和尚，一位是居士而已。

犹忆三十余年前，我当学生的时候，李先生教我们图画、音乐，夏先生教我们国文。我觉得这三种学科同样的严肃而有兴趣。就为了他们二人同样的深解文艺的真谛，故能引人入胜。夏先生常说："李先生教图画、音乐，学生对图画、音乐看得比国文、数学等更重。这是有人格作背景的缘故。因为他教图画、音乐，而他所懂得的不仅是图画、音乐；他的诗文比国文先生的更好，他的书法比习字先生的更好，他的英文比英文先生的更好……这好比一尊佛像，有后光，故能令人敬仰。"这话也可说是"夫子自道"。夏先生初任舍监，后来教国文。但他也是博学多能，只除不弄音乐以外，其他诗文、绘画（鉴赏）、金石、书法、理学、佛典，以至外国文、科学等，他都懂得。因此能和李先生交游，因此能得学生的心悦诚服。

他当舍监的时候，学生们私下给他起个诨名，叫夏木瓜。但这并非恶意，却是好心。因为他对学生如对子女，率直开导，不用敷衍、欺蒙、压迫等手段。学生们最初觉得忠言逆耳，看见他的头大而圆，就给他起这个诨名。但后来大家都知道夏先生是真爱我们，这绰号就变成了爱称而沿用下去。凡学生有所请愿，大家都说："同夏木瓜讲，这才成功。"他听到请愿，也许暗呜叱咤地骂你一顿；但如果你的请愿合乎情理，他就当作自己的请愿，而替你设法了。

他教国文的时候，正是"五四"将近。我们做惯了"太王留别父老书""黄花主人致无肠公子书"①之类的文题之后，他突然叫我们做一篇"自述"。而且说："不准讲空话，要老实写。"有一位同学，写他父亲客死他乡，他"星夜匍伏奔丧"。夏先生苦笑着问他："你那天晚上真个是在地上爬去的？"引得大家发笑，那位同学脸孔绯红。又有一位同学发牢骚，赞隐遁，说要："乐琴书以消忧，抚孤松而盘桓。"夏先生厉声问他："你为什么来考师范学校？"弄得那人无言可对。这样的教法，最初

_____

① 喻新文化运动所反对的一味模仿古人、用滥调套语、过于
  追求形式却缺乏实质内容的文章。

被顽固守旧的青年所反对。他们以为文章不用古典，不发牢骚，就不高雅。竟有人说："他自己不会做古文（其实做得很好），所以不许学生做。"但这样的人，毕竟是少数。多数学生，对夏先生这种从来未有的、大胆的革命主张，觉得惊奇与折服，好似长梦猛醒，恍悟今是昨非。这正是五四运动的初步。

李先生做教师，以身作则，不多讲话，使学生衷心感动，自然诚服。譬如上课，他一定先到教室，黑板上应写的，都先写好（用另一黑板遮住，用到的时候推开来），然后端坐在讲台上等学生到齐。譬如学生还琴时弹错了，他举目对你一看，但说："下次再还。"有时他没有说，学生吃了他一眼，自己请求下次再还了。他话很少，说时总是和颜悦色的。但学生非常怕他，敬爱他。夏先生则不然，毫无矜持，有话直说。学生便嬉皮笑脸，同他亲近。偶然走过校庭，看见年纪小的学生弄狗，他也要管："为啥同狗为难！"放假日子，学生出门，夏先生看见了便喊："早些回来，勿可吃酒啊！"学生笑着连说："不吃，不吃！"赶快走路。走得远了，夏先生还要大喊："铜钿少用些！"学生一方面笑他，一方面实在感激他，敬爱他。

夏先生与李先生对学生的态度，完全不同。而学生对他们的敬爱，则完全相同。这两位导师，如同父母一样。李先生的是"爸爸的教育"，夏先生的是"妈妈的教育"。夏先生后来翻译的《爱的教育》风行国内，深入人心，甚至被取作国文教材。这不是偶然的事。

我师范毕业后，就赴日本。从日本回来就同夏先生共事，当教师，当编辑。我遭母丧后辞职闲居，直至逃难。但其间与书店关系仍多，常到上海与夏先生相晤。故自我离开夏先生的绛帐，直到全面抗战前数日的诀别，二十年间，常与夏先生接近，不断地受他的教诲。其时李先生已经做了和尚，芒鞋破钵，云游四方，和夏先生仿佛是两个世界的人。但在我觉得仍是以前的两位导师，不过所导的范围由学校扩大为人世罢了。

李先生不是"走投无路，遁入空门"的，是为了人生根本问题而做和尚的。他是真正做和尚，他是痛感于众生疾苦而"行大丈夫事"的。夏先生虽然没有做和尚，但也是完全理解李先生的胸怀的；他是赞善李先生的行大丈夫事的。只因种种尘缘的牵阻，使夏先生没有勇气行大丈夫事。夏先生一生的忧愁苦闷，由此发生。

凡熟识夏先生的人，没有一个不晓得夏先生是个多忧善愁的人。他看见世间的一切不快、不安、不真、不善、不美的状态，都要皱眉，叹气。他不但忧自家，又忧友、忧校、忧店、忧国、忧世。朋友中有人生病了，夏先生就皱着眉头替他担忧；有人失业了，夏先生又皱着眉头替他着急；有人吵架了，有人吃醉了，甚至朋友的太太要生产了，小孩子跌跤了……夏先生都要皱着眉头替他们忧愁。学校的问题，公司的问题，别人都当作例行公事处理的，夏先生却当作自家的问题，真心地担忧；国家的事，世界的事，别人当作历史小说看的，在夏先生都是切身问题，真心地忧愁，皱眉，叹气。故我和他共事的时候，对夏先生凡事都要讲得乐观些，有时竟瞒过他，免得使他增忧。他和李先生一样的痛感众生的疾苦。但他不能和李先生一样行大丈夫事；他只能忧伤终老。在"人世"这个大学校里，这二位导师所施的仍是"爸爸的教育"与"妈妈的教育"。

朋友的太太生产，小孩子跌跤等事，都要夏先生担忧。那么，八年来水深火热的上海生活，不知为夏先生增添了几十万斛的忧愁！忧能伤人，夏先生之死，是供给忧愁材料的社会所致使，日本侵略者所促成的！

　　以往我每逢写一篇文章，写完之后总要想："不知这篇东西夏先生看了怎么说。"因为我的写文，是在夏先生的指导鼓励之下学起来的。今天写完了这篇文章，我又本能地想："不知这篇东西夏先生看了怎么说。"两行热泪，一齐沉重地落在这原稿纸上。

　　　　　　　　　　　　　　　　1946 年 5 月 1 日于重庆客寓

访梅兰芳

—

丰子恺

　　复员返沪后不久，我托友介绍，登门拜访梅兰芳先生。次日的《申报·自由谈》中曾有人为文记载，并登出我和他合摄的照片来，我久想自己来写一篇访问记：只因意远言深，几次欲说还休。今夕梅雨敲窗，银灯照壁；好个抒情良夜，不免略述予怀。

　　我平生自动访问素不相识的有名的人，以访梅兰芳为第一次。阔别十年的江南亲友闻知此事，或许以为我到大后方放浪十年，变了一个"戏迷"回来，一到就去捧"伶王"。其实完全不然。我十年流亡，一片冰心，依然是一个艺术和宗教的信徒。我的爱平剧①是艺术心所迫，我的访梅兰芳是宗教心所驱，这真是意远言深，不听完这篇文章，是教人不能相信的。

我的爱平剧，始于抗战②前几年，缘缘堂初成的时候，我们新造房子，新买一架留声机。唱片多数是西洋音乐，略买几张梅兰芳的唱片点缀。因为"五四"时代，有许多人反对平剧，要打倒它，我读了他们的文章，觉得有理，从此看不起平剧。不料留声机上的平剧音乐，渐渐牵惹人情，使我终于不买西洋音乐片子而专买平剧唱片，尤其是梅兰芳的唱片了。原来"五四"文人所反对的，是平剧的含有封建毒素的陈腐的内容，而我所爱好是平剧的夸张的象征的明快的形式——音乐与扮演。

西洋音乐是"和声的"（harmonic），东洋音乐是"旋律的"（melodic）。平剧的音乐，充分地发挥了"旋律的音乐"的特色。试看：它没有和声，没有伴奏（胡琴是助奏），甚至没有短音阶（小音阶），没有半音阶，只用长音阶（大音阶）的七个字（独来米法扫拉西），能够单靠

① 即京剧。
② 即"全面抗战"。

旋律的变化来表出青衣、老生、大面等种种个性。所以听戏，虽然不熟悉剧情，又听不懂唱词，也能从音乐中知道其人的身份、性格，及剧情的大概。推想当初创作这些西皮、二黄的时候，作者对于人生情味，一定具有异常充分的理解；同时对于描写音乐一定具有异常敏捷的天才，故能抉取世间贤母、良妻、忠臣、孝子、莽夫、奸雄等各种性格的精华，加以音乐的夸张的象征的描写，而造成洗练明快的各种曲调，颠扑不破地沿用今日。抗战之前，我对平剧的爱好只限于听，即专注于其音乐的方面，故我不上戏馆，而专事收集唱片。缘缘堂收藏的百余张唱片中，多数是梅兰芳唱的。二十六年（1937）冬，这些唱片与缘缘堂同归于尽，胜利后重置一套，现已近于齐全了。

我的看戏的爱好，还是流亡后在四川开始的。有一时我旅居涪陵，当地有一平剧院，近在咫尺。我旅居无事，同了我的幼女一吟，每夜去看。起初，对于红袍进，绿袍出，不感兴味。后来渐渐觉得，这种扮法与演法，与其音乐的作曲法同出一轨，都是夸张的，象征的表现。例如红面孔一定是好人，白面孔一定是坏人，花面孔一定是武人，旦角的走路像走绳索，净角的走路像拔泥脚……凡此种种扮演法，都是根据事实加以极度的夸张而来的。盖善良正直的人，脸色光明威严，不妨夸张为红；奸邪暴戾的人，脸色冷酷阴惨，不妨夸张为白；好勇斗狠的人，其脸孔峥嵘突厄，不妨夸张为花。窈窕的女人的走相，可以夸张为一直线。堂堂的男子的踏大步，可以夸张得像拔泥足。因为都是根据写实的，所以初看觉得奇怪，后来自会觉得当然。至于骑马只要拿一根鞭子，开门只要装一个手势等，既免啰苏繁冗之弊，又可给观者以想象的余地。我觉得这比写实的明快得多。

从此，我变成了平剧的爱好者；但不是戏迷，不过欢喜听听看看而已。戏迷的倒是我的女孩子们。我的长女陈宝，三女宁馨，幼女一吟，公余课毕，都热衷于唱戏。其中一吟迷得最深，竟在学校游艺会中屡次上台扮演青衣，俨然变成了一个票友。因此我家中的平剧空气很浓。复员的时候，我们把这种空气当做行李之一，从四川带回上海。到了上海，梅兰芳演剧祝寿。我们买了三万元一张的戏票，到天蟾舞台去看。抗战前我只看过他一次，那时我京戏，印象早已模糊。抗战中，我得知他在上海沦陷区坚贞不屈，孤芳自赏；又有友人寄到他的留须的照片。我本来仰慕他的技术，至此又赞佩他的人格，就把照片悬之斋壁，遥祝他的健康。那时胜利还渺茫，我对着照片想：无常迅速，人寿几何，不知梅郎有否重上氍毹之日，我生有否重来听赏之福！故我坐在天蟾舞台的包厢里，看到梅兰芳在《龙凤呈祥》中以孙夫人之姿态出场的时候，连忙俯仰顾盼，自拊其背，检验是否做梦。弄得邻座的朋友莫名其妙，怪问："你不欢喜看梅兰芳的？"后来他到中国大戏院续演，我跟去看，一连看了五夜。他演毕之后，我就去访他。

我访梅兰芳的主意，是要看看造物者这个特殊的杰作的本相。上帝创造人，在人类各部门都有杰作，故军政界有英雄，学术界有豪杰。然而他们的法宝，大都全在于精神，而不在于身体。即全在于运筹、指挥、苦心、孤诣的功夫上，而不在于声音笑貌上（所以常有闻名向往，而见面失望的）。只有"伶王"，其法宝全在身体的本身上。美妙的歌声，艳丽的姿态，都由这架巧妙的机器——身体——上表现出来。这不是造物者的"特殊"的杰作吗？故英雄豪杰不值得拜访，而"伶王"应该拜访，去看看卸装后的这架巧妙的机器的本相。

一个阳春的下午，在一间闹中取静的洋楼上，我与梅博士对坐在两只沙发上了。照例寒暄的时候，我一时不能相信这就是舞台上的"伶王"。只从他的两眼的饱满上，可以依稀仿佛地想见虞姬、桂英的面影。我细看他的面孔，觉得骨子的确生得很好，又看他的身体，修短肥瘠，也恰到好处。西洋的标准人体是希腊的凡奴司（Venus）[①]，在中国也有她的石膏模型流行。我想：依人体美的标准测验起来，梅郎的身材容貌大概近于凡奴司，是具有东洋标准人体的资格的。他很高兴和我说话，他的本音洪亮而带粘润。由此也可依稀仿佛地想见"云敛晴空，冰轮乍涌"和"孩儿舍不得爹爹"的音调。

　　从他的很高兴说话的口里，我知道他在沦陷期中如何苦心地逃避，如何从香港脱险。据说，全靠犯香港的敌兵中，有一个军官，自言幼时曾由其母亲带去看梅氏在东京的演戏，对他有好感，因此幸得脱险。又知道他的担负很重，许多梨园子弟都要他赡养，生活并不富裕。这时候他的房东正在对他下逐客令，须得几根金条方可续租。他

---

① 今译维纳斯。

慨然地对我说："我唱戏挣来的钱，哪里有几根金条呢！"
我很惊讶，为什么他的话使我特别感动。仔细研究，原来
他爱用两手的姿势来帮助说话；而这姿势非常自然，是普
通人所做不出的！

　　然而，当时使我感动最深的，不是这种细事，却是
人生无常之恸。他的年纪才多大，今年五十六了。无论他
身体如何好，今后还有几年能唱戏呢？上帝手造这件精妙
无比的杰作十余年后必须坍损失效；而这坍损是绝对无法
修缮的！政治家可以奠定万世之基，使自己虽死犹生；文
艺家可以把作品传之后世，使人生短而艺术长。因为他们
的法宝不是全在于肉体上的。现在坐在我眼前的这件特殊
的杰作，其法宝全在这六尺之躯；而这躯壳比这茶杯还脆
弱，比这沙发还不耐用，比这香烟罐头（他请我吸的是
三五牌）还不经久！对比之下，使我何等地感慨，何等地
惋惜！于是我热忱地劝请他，今后多灌留声片，多拍有声
有色的电影，唱片与电影虽然也是必朽之物，但比起这短
短的十余年来，永久得多，亦可聊以慰情了。但据他说，
似有种种阻难，亦未能畅所欲为。引导我去访的，是摄影
家郎静山先生和身带镜头的陈惊蹬、盛学明两君。两君就

在梅氏的院子里替我们留了许多影。摄影毕，我告辞。他和我握手很久。手相家说："男手贵软，女手贵硬。"他的手的软，使我吃惊。

与郎先生等分手之后，我独自在归途中想：依宗教的无始无终的大人格看来，艺术本来是昙花泡影，电光石火，霎时幻灭，又何足珍惜！独怪造物者太无算计；既然造得这样精巧，应该延长其保用年限；保用年限既然死不肯延长，则犯不着造得这样精巧；大可马马虎虎草率了事，也可使人间减省许多痴情。

唉！恶作剧的造物主啊！忽然黄昏的黑幕沉沉垂下，笼罩了上海市的万千众生。我隐约听得造物主之事："你们保用年限又短一天！"

忆振铎兄

——

俞平伯

古人说："朋友之墓有宿草而不哭焉。"因为随着时光的过去，那悲哀的颜色就会日趋于暗淡了。正唯其如此，所怀念的四周的轮廓虽渐渐的有点模糊，而它的中心形象便会越发的鲜明；也唯其历久而动人思念，这才是更值得追怀的。

北京的秋光依然那样清澈，红旗焕彩，映照晴空，木犀尚有余芳，黄菊已在吐艳。有朋友提起郑振铎先生逝世三周年快到了，我们应该有些文字来纪念他。我仿佛吃了一惊。真格的有三年么？可不是已有三年！时光真是过得好快呵。

文章虽短，说起来话也长。我最初认识他在上海，约当一九二一年（"五四"时期，我们虽同在北京上学，却还不认识）。他住在上海闸北永兴路的小楼上，后来他搬走了，我就住在那里，约也有不足一年的光景。振铎那时经济情况并不宽余，但他却很好客，爱买书，爱喝酒，颇有"座上客常满，樽中酒不空"之风。他的爱交朋友和好搜求异书，凡是和他熟一点的朋友，大概没有不知道的。他为人天真烂漫，胸无城府，可谓"善于人同"，却又毫不敷衍假借，有时且嫉恶甚严。他也不是不懂得旧社会里有那么一套的"人情世故"，从他写的杂文小说里就可以知道；他却似乎有意反对那一套，他常常藐视那些无聊的举动。虽后来阅历中年，饱经忧患，解放后重睹光明，以至他最后的一刹那，这耿介的脾气却始终没有变。

　　我于一九二四年年底来北京。后来发生"五卅"事变，我已不在上海了。对我说来，有很大的损失。在这以后，我和振铎曾打过一场笔墨官司，文章已找不着了，大意还可以记得。我那时的看法，认为必先自强，然后能御侮；振铎之意恰相反，他认为以群众的武力来抵抗强暴才是当务之急、切要之图。现在想起来，当然，他是对的。

他已认清了中国的敌人是帝国主义，而我其时正在逐渐地沉没在资产阶级学者们的迷魂阵里。振铎的一生，变化很多，进步也很快，到他的晚年，是否已站稳了无产阶级的立场，掌握了马列主义的理论和实践，自尚有待于后人论定；但从我一方面看来，他始终走在我的前面，引导着我前进，他是我的"畏友"之一。

上文说过他"善于人同"，却并不肯"苟同"。他如意谓不然，便坚决的以为不可。有时和熟朋友们争执起来，会弄得面红耳赤的。一九五二年我到文学研究所工作，他是所长，我们还是从前老朋友的关系。昨天我过北海固城，不禁想起振铎来了。一九五三年的晚秋，比现在还稍晚一点，黄昏时候，我从固城他的办公室，带回来两大包的旧本《红楼梦》，其中有从山西新得的乾隆甲辰梦觉主人序本，原封未动，连这原来的标签还在上面。……他借给我这些珍贵的资料，原希望我把校勘《红楼梦》的工作做得更好，哪知到后来我不能如他的期望。无论为公为私，我是这样的愧负呵！

再记得一九五八年的春天，我到他的黄化门寓所，片刻的谈话里，他给我直率的规箴，且真诚地关怀着我，这是我至今不能忘怀的。当时只认为朋友相逢，亦平常事耳，又谁知即在那年的秋天，我们就永远失去了他！

　　眼看重阳节又快到了。从前上海的老朋友们现都在北京，虽然年纪都增加了若干，精神倒还是年青的。有时聚会，总不免想起振铎来。这悲感不必一定强烈，何况又隔了一些时间，你虽尽可坦然处之，但它却有时竟会蓦然使你"若有所失"。这就很别扭，又难于形容。不由得想起前人的诗句，所谓"亡书久似忆良朋"。像振铎平素特别爱好书籍，借来抒写这淡而悲的感触，似乎也是适当的。

悼组缃

———

季羡林

　　组缃毕竟还是离开我们走了，永远永远地走了。最近几年来，他曾几次进出医院。有时候十分危险。然而他都逢凶化吉，走出了医院。我又能在池塘边上看到一个戴儿童遮阳帽的老人，坐在木头椅子上，欣赏湖光树影。

　　他前不久又进了医院。我仍然做着同样的梦，希望他能再一次化险为夷，等到春暖花开时，再一次坐在木椅子上，为朗润园增添一景。然而，这一次我的希望落了空。组缃离开了我们走了，永远永远地走了。对我个人来说，我失掉了一个有六十多年友谊的老友。偌大一个风光旖旎的朗润园，杨柳如故，湖水如故，众多的贤俊依然灿如列星，为我国的文教事业增添光彩。然而却少了一个人，一个平凡又不平凡的老人。我感到空虚寂寞，名园有灵，也会感到空虚与寂寞的。

距今六十四年以前，在三十年代的第一年，我就认识了组缃，当时我们都在清华大学读书。岁数相差三岁，级别相差两级，又不是一个系。然而，不知怎么一来，我们竟认识了，而且成了好友。当时同我们在一起的还有林庚和李长之，可以说是清华园"四剑客"。大概我们都是所谓"文学青年"，都爱好舞笔弄墨，共同的爱好把我们聚拢在一起来了。我读的虽然是外国语文系，但曾旁听过朱自清先生和俞平伯先生的课。我们"四剑客"大概都偷听过当时名噪一时的女作家谢冰心先生的课和燕京大学教授郑振铎先生的课。结果被冰心先生板着面孔赶了出来，和郑振铎先生我们却交上了朋友。他同巴金和靳以共同创办了《文学季刊》，我们都成了编委或特约撰稿人，我们的名字堂而皇之地赫然印在杂志的封面上。郑先生这种没有一点教授架子，决不歧视小字辈的高风亮节，我曾在纪念他的文章中谈到。我们曾联袂到今天北京大学小东门里他的住处访问过他，对他那插架的宝书曾狠狠地羡慕过一阵。先生之风，山高水长，可惜长之和组缃已先后谢世，能够回忆的只剩下我同林庚两人了。

我们"四剑客"是常常会面的，有时候在荷花池旁，有时候在林荫道上，更多的时候是在某一个人的宿舍里。那时我们都很年轻，我的岁数最小，还不到二十岁，正是幻想特多，不知天高地厚，仿佛前面的路上全铺满了玫瑰花的年龄。我们放言高论，无话不谈，"语不惊人死不休"。个个都吹自己的文章写得好，不是梦笔生花，就是神来之笔。林庚早晨初醒，看到风吹帐动，立即写了两句话：

> 破晓时天旁的水声
> 深林中老虎的眼睛

当天就念给我们听，眉飞色舞，极为得意。他的一篇诗稿上有一个"袭"字，看上去像是"聋"字。长之立即把这个"聋"字据为己有。原诗是"袭来了什么什么"。现在成了"聋来了什么什么"。他认为，有此一个"聋"字而境界全出了。

我们会面的地方，留给我印象最深的还是工字厅。这是一座老式建筑，里面回廊曲径，花木葳郁，后临荷塘，那一个有名的写着"水木清华"四个大字的匾，就挂在工字厅后面。这里房间很多，数也数不清。中间有一座大厅，按现在的标准来说，也不算太大。厅里旧木家具，在薄暗中有时闪出一点光芒。这是一个非常清静的地方，平常很少有人到这里来。对我们"四剑客"来说，这里却是侃大山（当时还没有这个词儿）的理想的地方。我记得茅盾《子夜》出版的时候，我们四个人又凑到一起，来到这里，大侃《子夜》。意见大体上分为两派：否定与肯定。我属于前者，组缃属于后者。我觉得，茅盾的文章死板、机械，没有鲁迅那种灵气。组缃则说，《子夜》结构宏大，气象万千。这样的辩论向来不会有结果的。不过是每个人淋漓尽致地发表了意见以后，你好，我好，大家都好，又谈起别的问题来了。

组缃上中学时就结了婚。家境大概颇为富裕，上清华时，把家眷也带了来。现在听说中国留学生可以带夫人出国，名曰伴读。当时是没有这个说法的。然而组缃的所作所为不正是"伴读"吗？组缃真可谓"超前"了。有了家眷，就不能住在校内学生宿舍里。他在清华附近西柳村租了几间房子，全家住在那里。我曾同林庚和长之去看过他。除了夫人以外，还有一个三四岁的女孩，小名叫小鸠子，是非常聪慧可爱的孩子。去年下半年，我去看组缃，小鸠子正从四川赶回北京来陪伴父亲。她现在也已六十多岁，非复当日的小女孩。我叫了一声："小鸠子！"组缃笑着说："现在已经是老鸠子了。"相对一笑，时间流逝得竟是如此迅速，我也不禁"惊呼热中肠"了。

清华毕业以后，我们"四剑客"天南海北，在茫茫的赤县神州，在更茫茫的番邦异域，各奔前程，为了糊口，为了养家，在花花世界中，摸爬滚打，历尽苦难，在心灵上留下了累累伤痕。我们各自怀着对对方的忆念，在寂寞中，在沉默中，等待着，等待着。一直等到五十年代初的院系调整，组缃和林庚又都来到了北大，我们这"三剑客"在暌离二十年后又在燕园聚首了。此时我们都已成了中年人，家事、校事、国事，事事萦心。当年的少年锐气已经磨掉了不少，非复昔日之狂纵。燕园虽秀美，但独缺少一个工字厅，缺少一个水木清华。我们平常难得见一次面，见面大都是在校内外召开的花样繁多的会议上。一见面，大家哈哈一笑，个中滋味，不足为外人道也。

时光是超乎物外的，它根本不管人世间的悲欢离合，从无始至无终，始终是狂奔不息。一转瞬间，已经过去了四十年。其间风风雨雨，坎坎坷坷，中国的老知识分子无不有切肤之痛，大家心照不宣，用不着再说了。我同组缃在"牛棚"中做过"棚友"，更别有一番滋味在心头。我们终于都离开了中年，转入老年，进而进入耄耋之年。不但青年的锐气消磨精光，中年的什么气也所余无几，只剩下一团暮气了。幸好我们这清华园"三剑客"（长之早已离开了人间）并没有颓唐不振，仍然在各自的领域里辛勤耕耘，虽非"志在千里"，却也还能"日暮行雨，春深著花"，多少都有所建树，差堪自慰而已。

前几年，我同组缃的共同的清华老友胡乔木，曾几次对我说："老朋友见一面少一面了！"我颇讶其伤感。前年他来北大参加一个什么会。会结束后，我陪他去看了林庚。他执意要看一看组缃。我于是从林庚家打电话给组缃，打了好久，没有人接。并非离家外出，想是高卧未起。不管怎样，组缃和乔木至终也没能再见上一面。乔木先离开了人间，现在组缃也走了。回思乔木说的那一句话，字字是真理，哪里是什么感伤！我却是乐观得有点可笑了。

我默默地接受了这个教训，赶在组缃去世之前，想亡羊补牢一番。去年我邀集了几个最老的朋友：组缃、恭三（邓广铭）、林庚、周一良等小聚了一次。大家都一致认为，老友们的兴致极高，难得浮生一夕乐。但在觥筹交错中，我不禁想到了两个人：一是长之，一是乔木。清华"剑客"于今飘零成广陵散矣。我本来想今年再聚一次，被邀请者范围再扩大一点。哪里想到，如果再相聚的话，又少了一个人：组缃。暮年老友见一面真也不容易呀！

不管我还能活上多少年，我现在走的反正是人生最后一段路程。最近若干年来，我以忧患余生，渐渐地成了陶渊明的信徒。他那形神相赠的诗，我深深服膺。我想努力做到"纵浪大化中，不喜亦不惧"。我想努力做到宋人词中所说的"悲欢离合总无情"。我觉得，自己的努力并没有白费。我对这花花世界确已看透，名缰利索对我的控制已经微乎其微。然而一遇到伤心之事，我还不能"总无情"，而是深深动情，组缃之死就是一个例子。生而为人，孰能无情，一个"情"字不就是人之所异于禽兽者的那一点"几稀"吗？

有一件事却让我触目惊心。我舞笔弄墨六十多年于兹矣。前期和中期写的东西，不管内容如何，不管技巧如何，悼念的文章是极为稀见的。然而最近几年来，这类文章却逐渐多了起来。最初我没有理会。一旦理会到了，不禁心惊胆战。一个人到了老年，如果能活得长一点，当然不能说是坏事。但是，身旁的老友一个接一个地离开了自己，宛如郑板桥诗所说的"删繁就简三秋树"，如果"简"到只剩下自己这一个老枝，岂不大可哀哉！一个常常要写悼念文章的人，距离别人为自己写悼念文章，大概也为期不远了。一想到这一点，即使自己真能"不喜亦不惧"，难道就能无动于衷吗？但是，眼前我并不消极，也不颓唐，我决不会自寻"安乐死"的。看样子我还能活上若干年的，我耳不聋，眼稍昏，抬腿就是十里八里。王济夫同志说我是"奇迹"，他的话有点道理。我计划要做的事，其数量和繁重程度，连一些青年或中年人都会望而却步，借用冯友兰先生的话，我是"欲罢不能"。天生是辛劳的命，奈之何哉！看来悼念文章我还是要写下去的。我并没有老友臧克家要活到一百二十岁那样的雄心

壮志。退而求其次，活到九十多，大概不成问题。我还有多

恐怕没有人敢说了。

1994 年 2 月 2 日

忆章用

季羡林

　　我一直到现在还不能相信，他竟撒手离开现在的这个世界去了。我自己的生命虽然截止到现在还说不上怎样太长，但在这不太长的过去的生命中，他的出现却更短，短到令人怀疑是不是曾经有过这样一回事。倘若要用一个譬喻的话，我只能把他比作一颗夏夜的流星，在我的生命的天空中，蓦地拖了一条火线出现了，蓦地又消逝到暗冥里去。但在这条火线留下的影子却一直挂在我的记忆的丝缕上，到现在，已经是隔了几年了，忽然又闪耀了起来。

　　人的记忆也是怪东西，在每一天，不，简直是每一刹那，自己所遇到的大大小小的事情中，在风起云涌的思潮中，有后来想起来认为是极重大的事情，但在当时看过想过后不久就忘却了，费很大的力量才能再回忆起来。但有的事情，譬如说一个人笑的时候脸部构成的图形，一条柳枝摇曳的影子，一片花瓣的飘落，在当时，在后来，都不认为有什么不得了；但往往经过很久很久的时间，却能随时能明晰地浮现在眼前，因而引起一长串的回忆。到现在很生动地浮现在我眼前，压迫着我想到俊之（章用）的，就是他在谈话中间静默时神秘地向眼前空虚处注视的神态。

　　但说来已经是六年前的事情了。六年前的深秋，我从柏林来到哥廷根。第二天起来，在街上走着的时候，觉得这小城的街特别长，太阳也特别亮，一切都浸在一片白光里。过了几天，就在这样的白光里，我随了一位中国同学走过长长的街去访俊之。他同他母亲赁居一座小楼房的上层，四周全是花园。这时已经是落叶满地，树头虽然还挂了几片残叶，但在秋风中却只显得孤伶了。那一次究竟说了些什么话，现在已经记不清了。似乎他母亲说话最多，俊之并没有说多少。在谈话中间静默的一刹那，我只注意到，他的目光从眼镜边上流出来，神秘地注视着眼前的空虚处。

就这样，我们第一次见面他给我的印象是颇平常的；但不知为什么，以后竟常常往来起来。他母亲人非常慈和，很能谈话。每次会面，都差不多只有她一个人独白，每次都感觉不到时间的逝去，等到觉得屋里渐渐暗起来，却已经晚了，结果每次都是仓仓促促辞了出来，摸索着走下黑暗的楼梯，赶回家来吃晚饭。为了照顾儿子，她在这离开故乡几万里的寂寞的小城里陪儿子一住就是七八年，只是这一件，就足以打动了天下失掉了母亲的孩子们的心，让他们在无人处流泪，何况我又是这样多愁善感？又何况还是在这异邦的深秋呢？我因而常常想到在故乡里萋萋的秋草下长眠的母亲，到俊之家里去的次数也就多起来。

哥廷根的秋天是美的，美到神秘的境地，令人说不出，也根本想不到去说。有谁见过未来派的画没有？这小城东面的一片山林在秋天就是一幅未来派的画。你抬眼就看到一片耀眼的绚烂。只说黄色，就数不清有多少等级，从淡黄一直到接近棕色的深黄，参差地抹在这一片秋林的梢上，里面杂了冬青树的浓绿，这里那里还点缀上一星星的鲜红，给这惨淡的秋色涂上一片凄艳。就在这林子里，俊之常陪我去散步。我们不知道曾留下多少游踪。林子里这样静，我们甚至能听到叶子辞树的声音。倘若我们站下来，叶子也就会飘落到我们身上。等到我们理会到的时候，我们的头上肩上已经满是落叶了。间或前面树丛里影子似的一闪，是一匹被我们惊走的小鹿，接着我们就会听到窸窣的干叶声，渐远，渐远，终于消逝到无边的寂静里去。谁又会想到，我们竟在这异域的小城里亲身体会到"叶干闻鹿行"的境界？但这情景都是后来回忆时才觉到的，在当时，我们却没有，或者可以说很少注意到：我们正在热烈地谈着什么。他虽然念的是数学，但因为家学渊源，对中国旧文学很有根底，作旧诗更是经过名师的指导，对哲学似乎比对数学的兴趣还要大。我自己虽然一无所成，但因为平常喜欢浏览，所以很看了些旧诗词，而且自己对许多文学上的派别和几个诗人还有一套看法。平时难得解人，所以一直闷在心里，现在居然有人肯听，于是我就一下子倾出来。看了他点头赞成的神气，我的意趣更不由得飞动起来，我忘记了时间，忘记了世界，连自己也忘记了。往往是看到桦树的白皮上已经涂上了淡红的夕阳，才知道是应该下山的时候。走到城边，就看到西面山上一团紫气，不久天上就亮起星星来了。

等到林子里最后的几片黄叶也落净了的时候，不久就下了第一次的雪。哥城的冬天是寂寞的。天永远阴沉，难得看到几缕阳光。在外面既然没有什么可看，人们又觉得炉火可爱起来。有时候在雪意很浓的傍晚，他到我家里来闲谈。他总是靠近炉子坐在沙发上，头靠在后面的墙上。我们总有说不完的话，大半谈的仍然是哲学宗教上的问题；但转来转去，总转到中国旧诗上。他说话没有我多。当我滔滔不绝地说着的时候，他只是静静地听，脸上又浮起那一片神秘的微笑，眼光注视着眼前的空虚处。同我一样，他也会忘记了时间，现在轮到他摸索着走下黑暗的楼梯赶回家去吃晚饭了。

后来这情形渐渐多起来。等到我们再聚到一起的时候，章伯母就笑着告诉我，自从我到了哥廷根，他儿子仿佛变了一个人，以前同他母亲也不大多说话，现在居然有时候也显得有点活泼了。他在哥城八年，除了间或到范禹（龙丕炎）家去以外，很少到另外一位中国同学家里去，当然更谈不到因谈话而忘记了吃晚饭。多少年来，他就是一个人到大学去，到图书馆去，到山上去散步，不大同别人在一起。这情形我都能想象得到，因为无论谁只要同俊之见上一面，就会知道，他是孤高一流的人物。这样一个人怎么能够同其他油头粉面满嘴里离不开跳舞电影的留学生们合得来呢？

但他的孤高并不是矫揉造作的，他也并没有意思去装假名士。章伯母告诉我，他在家里，也总是一个人在思索着什么，有时坐在那里，眼睛愣愣的，半天不动。他根本不谈家常，只有谈到学问，他才有兴趣。但老人家的兴趣却同他的正相反，所以平常时候母子相对也只有沉默着一句话也不说了。他对吃饭也感不到多大兴趣，坐在饭桌旁边，嘴里嚼着什么，眼睛并不看眼前的碗同菜，脑筋里似乎正在思索着只有他自己知道的问题。有时候，手里拿着一块面包，站起来，在屋里不停地走，他又沉到他自己独有的幻想的世界里去。倘若叫他吃，他就吃下去；倘若不叫他，他也就算了。有时候她同他开个玩笑，问他刚才吃的是什么东西，他想上半天，仍然说不上来。这是他自己说起来都会笑的。过了不久，我就有机会证实了章伯母的话。这所谓"不久"，我虽然不能确切地指出时间来，但总在新年过后的一二月里，小钟似的白花刚从薄薄的雪堆里挣扎出来，林子里怕已经抹上淡淡的一片绿意了。章伯母因为有事情到英国去了，只留他一个人在家里。我因为学系不能决定，有时候感到异常的烦闷，所以就常在傍晚的时候到他家里去闲谈。我差不多每次都看到桌子上一块干面包，孤伶地伴着一瓶凉水。问他吃过晚饭没有，他说吃过了。再问他吃的什么，他的眼光就流到那一块干面包和那一瓶凉水上去，什么也不说。他当然不缺少钱买点香肠、牛奶什么的，而且煤气炉子也就在厨房里，只要用手一转，也就可以得到一壶热咖啡。但这些他都没做，也许是忘记了，也许根本没有兴致想到这些琐碎的事情，他脑筋里正盘旋着什么问题。在这时候，简单的办法当然就是向面包盒里找出他母亲吃剩下的面包，拧开凉水管子灌满一瓶，草草吃下去了事。既然吃饭这事情非解决不行，他也就来解决；至于怎样解决，那又有什么重要呢？反正只要解决过，他就能再继续他的工作，他这样就很满意了。

　　我将怎样称呼他这样一个人呢？在一般人眼中，他毫无疑问的是一个怪人，而且他和一般人，或者也可以说，一般人和他合不来的原因恐怕也就在这里面。但我从小就有一个偏见，我最不能忍受四平八稳处事接物面面周到的人物。我觉得，人不应该像牛羊一样，看上去都差不多，人应该有个性。然而人类的大多数都是看上去都差不多的角色。他们只能平稳地活着，又平稳地死去，对人类对世界丝毫没有影响。真正大学问大事业是另外几个同一般人不一样，甚至被他们看作怪人和呆子的人做出来的。我自己虽然这样想，甚至也试着这样做过，也竟有人认为我有点怪；但我自问，有的时候自己还太妥协平稳，同别人一样的地方还太多。因而我对俊之，除了羡慕他的渊博的学识以外，对他的为人也有说不出来的景仰了。

在羡慕同景仰两种心情下，我当然高兴常同他接近。在他那方面，他也似乎很高兴见到我。到现在还不能忘记，每次我找他到小山上去散步，他都立刻答应，而且在非常仓皇的情形下穿鞋穿衣服，仿佛一穿慢了，我就会逃掉似的。我们到一起，仍然有说不完的话，我们谈哲学，谈宗教，仍然同以前一样，转来转去，总转到中国旧诗上去。他把他的诗集拿给我看，里面的诗并不多，只是薄薄的一本。我因为只仓卒翻了一遍，现在已经记不清，里面究竟有些什么诗。我用尽了力想，只能想起两句来："频梦春池添秀句，每闻夜雨忆联床。"他还告诉我，到哥城八年，先是拼命念德文，后来入了大学，又治数学同哲学，总没有余裕和兴致来写诗；但自从我来以后，他的诗兴仿佛又开始汹涌起来，这是连他自己都没想到的——果然，过了不久，又在一个傍晚，他到我家里来。一进门，手就向衣袋里摸，摸出来的是一个黄色的信封，里面装了一张硬纸片，上面工整地写着一首诗：

> 空谷足音一识君，
>
> 相期诗伯苦相薰。
>
> 体裁新旧同尝试，
>
> 胎息中西沐见闻。
>
> 胸宿赋才徕物与，
>
> 气嘘史笔发清芬。
>
> 千金敝帚孰轻重，
>
> 后世凭猜定小文。

我看了脸上直发热。对旧诗，我虽然喜欢胡谈乱道，但说到做，我却从来没尝试过，可以说是一个十足的门外汉，我哪里敢做梦做什么"诗伯"呢？但他的这番意思我却只有心领了。

这时候，我自己的心情并不太好，他也正有他的忧愁。七八年来，他一直过着极优裕的生活。近一两年来，国内的地租忽然发生了问题，于是经济来源就有了困难。对于他这其实都算不了什么，因为我知道，只要他一开口，立刻就会有人自动地送钱给他用，而且，据他母亲告诉我，也真的已经有人寄了钱来，譬如一位德国朋友，以前常到他家里去吃中国饭，现在在另外一个大学里当讲师，就寄了许多钱来，还愿意以后每月寄。然而俊之都拒绝了。我也同他谈过这事情，我觉得目前用朋友几个钱完成学业实在是无伤大雅的；但他却一概不听，也不说什么理由。我自己根本没有多少钱，领到的钱也不过刚够每月的食宿，一点也不能帮他的忙。最初听到他说，他不久就要回国去筹款，心中有说不出的难过。后来他这计划终于成为事实了。每次到他那里去，总看到他忙忙碌碌地整理书籍。我不愿意看这一堆堆横七竖八躺在地上的书籍。我觉得有什么地方对他不起，心里凭空惭愧起来。

在不知不觉时，时间已经由暮春转入了初夏。哥廷根城又埋到一团翠绿里去。俊之起程的日子也决定了。在前一天的晚上，我们替他饯行，一直到深夜才走出市政府的地下餐厅。我同他并肩走在最前面。他平常就不大喜欢说话，今天更不说了，我们只是沉默着走上去，听自己的步履声在深夜的小巷里回响，终于在沉默里分了手。我不知道他怎么样，我是一夜在床上翻来覆去地睡不着。第二天天一亮我就到他家去了。他已经起来了。我本来预备在我们离别前痛痛快快谈一谈，我仿佛有许多话要说似的，但他却坚决要到大学里去上一堂课。他母亲挽留也没有用。他嘴里只是说，他要去上"最后一课"，"最后"两个字说得特别响，脸上浮着一片惨笑。我不敢接触他的目光，但我却能了解他的"客树回看成故乡"的心情。谁又知道，这一堂课就真的成了他的"最后一课"呢？

　　就这样，俊之终于离开他的第二故乡哥廷根，离开了我，从那以后，我就再没有看到他。路上每到一个停船的地方，他总有信给我。他知道我正在念梵文，还剪了许多报上的材料寄给我。此外还寄给我了许多诗。回国以后，先在山东大学教数学。在这期间，他曾写过一封很长的信给我，报告他的近况，依然是牢骚满腹。后来又转到浙江大学去。情形如何，我不大清楚。不久战争也就波及浙江，他随了大学辗转迁到江西。从那里，我接到他一封信，附了一卷诗稿，把他回国以后作的诗都寄给我了。他仿佛预感到自己已经不久于人世，赶快把诗抄好，寄给一个朋友保存下去，这个朋友他就选中了我。我一直到现在还不相信，这是偶然的，他似乎故意把这担子放在我的肩上。

从那以后，我从他那里再没听到什么。不久范禹来了信，报告他的死。他从江西飞到香港去养病，就死在那里。我真没法相信这是真的，难道范禹听错了消息了么？但最后我却终于不能不承认，俊之是真的死了，在我生命的夜空里，他像一颗夏夜的流星似的消逝了，永远地消逝了。

我们相处一共不到一年。一直到离别还互相称作"先生"。在他没死之前，我不过觉得同他颇能谈得来，每次到一起都能得到点安慰，如此而已。然而他的死却给了我一个回忆沉思的机会，我蓦地发现，我已于无意之间损失了一个知己，一个真正的朋友。在这茫茫人世间究竟还有几个人能了解我呢？俊之无疑是真正能够了解我的一个朋友。我无论发表什么意见，哪怕是极浅薄的呢，从他那里我都能得到共鸣的同情。但现在他竟离开这人世去了。我陡然觉得人世空虚起来。我站在人群里，只觉得自己的渺小和孤独，我仿佛失掉了倚靠似的，徘徊在寂寞的大空虚里。

哥廷根仍然同以前一样地美，街仍然是那样长，阳光仍然是那样亮。我每天按时走过这长长的街到研究所去，晚上再回来。以前我还希望，俊之回来的时候，我们还可以逍遥在长街上高谈阔论，但现在这希望永远只是希望了。我一个人拖了一条影子走来走去：走过一个咖啡馆，我回忆到我曾同他在这里喝过咖啡消磨了许多寂寞的时光；再向前走几步是一个饭馆，我又回忆到，我曾同他每天在这里吃午饭，吃完再一同慢慢地走回家去；再走几步是一个书店，我回忆到，我有时候呆子似的在这里站上半天看玻璃窗子里面的书，肩头上蓦地落上了一只温暖的手，一回头是俊之，他也正来看书窗子；再向前走几步是一个女子高中，我又回忆到，他曾领我来这里听诗人念诗，听完在深夜里走回家，看雨珠在树枝上珠子似的闪光——就这样，每一个地方都能引起我的回忆，甚至看到一块石头，也会想到，我同俊之一同在上面踏过；看了一枝小花，也会回忆到，我同他一同看过。然而他现在却撒手离开这个世界走了，把寂寞留给我。回忆对我成了一个异常沉重的负担。

今年秋天，我更寂寞得难忍。我一个人在屋里无论如何也坐不下去，四面的墙仿佛都起来给我以压迫。每天吃过晚饭，我就一个人逃出去到山下大草地上去散步。每次都走过他同他母亲住过的旧居：小楼依然是六年前的小楼，花园也仍然是六年前的花园，连落满地上的黄叶，甚至连树头残留着的几片孤零的叶子，都同六年前一样，但我的心情却同六年前的这时候大大地不相同了。小窗子依然开对着这一片黄叶林。我以前在这里走过不知多少遍，似乎从来没有注意过这样一个小窗子，但现在这小窗子却唤回我的许多记忆，它的存在我于是也就注意到了。在这小窗子里面，我曾同俊之同坐过消磨了许多寂寞的时光，我们从这里一同看过涂满了凄艳的彩色的秋林，也曾看过压满了白雪的琼林，又看过绚烂的苹果花，蜜蜂围了嗡嗡地飞；在他离开哥廷根的前几天，我们都在他家里吃饭，忽然扫过一阵暴风雨，远处的山、山上的树林、树林上面露出的俾斯麦塔都隐入瀚蒙的云气里去：这一切仿佛是一幅画，这小窗子就是这幅画的镜框。我们当时都为自然的伟大所压迫，半天说不出一句话来，只是沉默着透过这小窗注视着远处的山林。当时的情况还历历如在眼前；然而曾几何时，现在却只剩下我一个人在满了落叶的深秋的长街上，在一个离故乡几万里的异邦的小城里，呆呆地从下面注视这小窗子了，而这小窗子也正像蓬莱仙山可望而不可即了。

逝去的时光不能再捉回来，这我知道；人死了不能复活，这我也知道。我到现在这个世界上来活了三十年，我曾经看到过无数的死：父亲、母亲和婶母都悄悄地死去了。尤其是母亲的死在我心里留下无论如何也补不起来的创痕。到现在已经十年了，差不多隔几天我就会梦到母亲，每次都是哭着醒来。我甚至不敢再看讲母亲的爱的小说、剧本和电影。有一次偶然看一部电影片，我一直从剧场里哭到家。但俊之的死却同别人的死都不一样：生死之悲当然有，但另外还有知己之感。这感觉我无论如何也排除不掉。我一直到现在还要问：世界上可以死的人太多太多了，为什么单单死俊之一个人？倘若我不同他认识也就完了，但命运却偏偏把我同他在离祖国几万里的一个小城里拉在一起，他却又偏偏死去。在我的饱经忧患的生命里再加上这幕悲剧，难道命运觉得对我还不够残酷吗？

但我并不悲观，我还要活下去。有的人说："死人活在活人的记忆里。"俊之就活在我的记忆里。只是为了这，我也要活下去。当然这回忆对我是一个无比的重担，但我却甘心肩起这一份重担，而且还希望能肩下去，愈久愈好。

五年前开始写这篇东西，那时我还在德国。中间屡屡因了别的研究工作停笔，终于剩了一个尾巴，没能写完。现在在挥汗之余勉强写起来，离开那座小城已经几万里了。

吊刘叔和

徐志摩

　　一向我的书桌上是不放相片的。这一月来有了两张，正对我的坐位，每晚更深时就只他们俩看着我写，伴着我想；院子里偶尔听着一声清脆，有时是虫，有时是风卷败叶，有时，我想象，是我们亲爱的故世人从坟墓的那一边吹过来的消息。

　　伴着我的一个是小，一个是"老"：小的就是我那三月间死在柏林的彼得；老的是我们钟爱的刘叔和，"老老"。彼得坐在他的小皮椅上，抿紧着他的小口，圆睁着一双秀眼，仿佛性急要妈拿糖给他吃，多活灵的神情！但在他右肩的空白上分明题着这几行小字："我的小彼得，你在时我没福见你，但你这可爱的遗影应该可以伴我终身了。"老老是新长上几根看得见的上唇须，在他那件常穿的缎褂里欠身坐着，严正在他的眼内，和蔼在他的口颔间。

让我来看。有一天我邀他吃饭，他来电说病了不能来，顺便在电话中他说起我的彼得。（在褓袑时的彼得，叔和在柏林也曾见过。）他说我那篇悼儿文做得不坏；有人素来看不起我的笔墨的，他说，这回也相当的赞许了。我此时还分明记得他那天通电时着了寒发沙的嗓音！我当时回他说多谢你们夸奖，但我却觉得凄惨因为我同时不能忘记那篇文字的代价，是我自己的爱儿。过于几天适之来说："老老病了，并且他那病相不好，方才我去看他，他说适之我的日子已经是可数的了。"他那时住在皮宗石家里。我最后见他的一次，他已在医院里。他那神色真是不好，我出来就对人讲，他的病中医叫做湿瘟，并且我分明认得它，他那眼内的钝光，面上的涩色，一年前我那表兄沈叔薇弥留时我曾经见过——可怕的认识，这侵蚀生命的病征。可怜少鳏的老老，这时候病榻前竟没有温存的看护；我与他说笑："至少在病苦中有妻子毕竟强似没妻子，老老，你不懊丧续弦不及早吗？"那天我喂了他一餐，他实在是动弹不得；但我向他道别的时候，我真为他那无告的情形不忍。（在客地的单身朋友们，这是一个切题的教训，快些成家，不过于挑剔了吧；你放平在病榻上时才知道没有妻子的悲惨！——到那时，比如叔和，可就太晚了。）

叔和没了，但为你，叔和，我却不曾掉泪。这年头也不知怎的，笑自难得，哭也不得容易。你的死当然是我们的悲痛，但转念这世上惨淡的生活其实是无可沾恋，趁早隐了去，谁说一定不是可羡慕的幸运？况且近年来我已经见惯了死，我再也不觉着它的可怕。可怕是这烦嚣的尘世：蛇蝎在我们的脚下，鬼祟在市街上，霹雳在我们的头顶，噩梦在我们的周遭。在这伟大的迷阵中，最难得的是遗忘；只有在简短的遗忘时，我们才有机会恢复呼吸的自由与心神的愉快。谁说死不就是个悠久的遗忘的境界？谁说墓窟不就是真解放的进门？

但是随你怎样看法，这生死间的隔绝，终究是个无可奈何的事实，死去的不能复活，活着的不能到坟墓的那一边去探望。

到绝海里去探险我们得合伙，在大漠里游行我们得结伴；我们到世上来做人，归根说，还不只是惴惴的来寻访几个可以共患难的朋友，这人生有时比绝海更凶险，比大漠更荒凉，要不是这点子友人的同情我第一个就不敢向前迈步了。叔和真是我们的一个。他的性情是不可信的温和："顶好说话的老老"；但他每当论事，却又绝对的不苟同，他的议论，在他起劲时，就比如山壑间雨后的乱泉，石块压不住它，蔓草掩不住它。谁不记得他那永远带伤风的嗓音，他那永远不平衡的肩背，他那怪样的激昂的神情？通伯在他那篇《刘叔和》里说起当初在海外老老与傅孟真的豪辩，有时竟连"呐呐不多言"的他，也"免不了加入他们的战队"。这三位衣常敝，履无不穿的"大贤"在伦敦东南隅的陋巷，点煤汽油灯的斗室里，真不知有多少次借光柏拉图与卢骚与斯宾塞的迷力，欺骗他们告空虚的肠胃——至少在这一点他们三位是一致同意的！但通伯却忘了告诉我们他自己每回入战团时的特别情态，我想我应得替他补白。我方才用乱泉比老老，但我应得说他是一窜野火，焰头是斜着去的；傅孟真，不用说，更是一窜野火，更猖獗，焰头是斜着来的；这一去一来就发生了不得开交的冲突。在他们最不得开交时，劈头下去了一剪冷水，两窜野火都吃了惊，暂时翳了回去。那一剪冷水就是通伯，他是出名浇冷水的圣手。

啊，那些过去的日子！枕上的梦痕，秋雾里的远山。我此时又想起初渡太平洋与大西洋时的情景了。我与叔和同船到美国，那时还不熟；后来同在纽约一年差不多每天会面的，但最不可忘的是我与他同渡大西洋的日子。那时我正迷上尼采，开口就是那一套沾血腥的字句。

我仿佛跟着查拉图斯脱拉登上了哲理的山峰，高空的清气在我的肺里，杂色的人生横亘在我的眼下，船过必司该海湾的那天，天时骤然起了变化：岩片似的黑云一层层累叠在船的头顶，不漏一丝天光，海也整个翻了，这里一座高山，那边一个深谷，上腾的浪尖与下垂的云爪相互的纠拿着；风是从船的侧面来的，夹着铁梗似粗的暴雨，船身左右侧的倾欹着。这时候我与叔和在水发的甲板上往来的走——哪里是走，简直是滚，多强烈的震动！霎时间雷电也来了，铁青的云板里飞舞着万道金蛇，涛响与雷声震成了一片喧阗，大西洋险恶的威严在这风暴中尽情的披露了。"人生，"我当时指给叔和说，"有时还不止这凶险，我们有胆量进去吗？"那天的情景益发激动了我们的谈兴，从风起直到风定，从下午直到深夜，我分明记得，我们俩在沉酣的论辩中遗忘了一切。

今天国内的状况不又是一幅大西洋的天变？我们有胆量进去吗？难得是少数能共患难的旅伴；叔和，你是我们的一个，如何你等不得浪静就与我们永别了？叔和，说他的体气，早就是一个弱者；但如其一个不坚强的体壳可以包容一团坚强的精神，叔和就是一个例。叔和生前没有仇人，他不能有仇人；但他自有他不能容忍的物件：他恨混淆的思想，他恨腌臜的人事。

他不轻易斗争，但等他认定了对敌出手时，他是最后回头的一个。叔和，我今天又走上了风雨中的甲板，我不能不悼惜我侣伴的空位！

10 月 15 日

辑
二

今日花开又一年

才子赵树理

汪曾祺

    赵树理是个高个子。长脸。眉眼也细长。看人看事，常常微笑。

    他是个农村才子。有时赶集，他一个人能唱一台戏。口念锣鼓，拉过门，走身段，夹白带做还误不了唱。他是长治人，唱的当然是上党梆子。他在单位晚会上曾表演过。下班后他常一个人坐在传达室里，用两个指头当鼓筒，敲打锣鼓，如醉如痴，非常"投入"。严文井说赵树理五音不全。其实赵树理的音准是好的，恐怕倒是严文井有点五音不全，听不准。不过他的高亢的上党腔实在有点吃他不消！他爱"起霸"，也是揸手舞脚，看过北京的武生起霸，再看赵树理的，觉得有点像螳螂。

他能弹三弦，不常弹。他会刻图章，我没有见过。他的字写得很好，是我见过的作家字里最好的，他的小说《金字》写的大概是他自己的真事。字是欧字底子，结体稍长，字如其人。他的稿子非常干净，极少涂改。他写稿大概不起草。我曾见过他的底稿，只是一些人物名姓，东一个西一个，姓名之间牵出一些细线，这便是原稿了。考虑成熟，一口呵成。赵树理衣着不讲究，但对写稿有洁癖。他痛恨人把他文章中的"你"字改成"妳"字（有一时期有些人爱写"妳"字，这是一种时髦），说："当面说话，第二人称，为什么要分性别？——'妳'也不读'你'！"他在一篇稿子的页边批了一行字："排版校对同志请注意，文内所有'你'字，一律不准改为'妳'，否则要负法律责任。"这篇稿子是经我手发的，故记得很清楚。

赵树理是《说说唱唱》副主编，实际上是执行主编。他是负责发稿的。有时没有好稿，稿发不出，他就从编辑部抱了一堆稿子回屋里去看，不好，就丢在一边，弄得一地都是废稿。有时忽然发现一篇好稿，就欣喜若狂。他说这种编辑方法是"绝处逢生"。陈登科的《活人塘》就是这样发现的，这篇作品能够发表也真有些偶然，因为稿子有许多空缺的字和陈登科自造的字，有一个"馬"字，大家都猜不出，后来是康濯猜出来了，是"趴"，馬（"马"的繁体字）没有四条腿，可不是趴下了？写信去问陈登科，果然！

有时实在没有好稿，康濯就说："老赵，你自己来一篇吧！"赵树理关上门，写出了一篇名著《登记》（即《罗汉钱》）。

赵树理吃食很随便，随便看到路边的一个小饭摊，坐下来就吃。后来是胡乔木同志跟他说："你这么乱吃，不安全，也不卫生。"他才有点选择。他爱喝酒。每天晚上要到霞公府间壁一条胡同的馄饨摊上，来二三两酒，一碟猪头肉，吃两个芝麻烧饼，喝一碗馄饨。他和老舍感情很好。每年老舍要在家里请市文联的干部两次客：一次是菊花开的时候，赏菊；一次是腊月二十三，老舍的生日。赵树理必到，喝酒，划拳。老赵划拳与众不同，两只手出拳，左右开弓，一会儿用左手，一会儿用右手。老舍摸不清老赵的拳路，常常败北。

赵树理很有幽默感。赵树理的幽默和老舍的幽默不同。老舍的幽默是市民式的幽默，赵树理的幽默是农民式的幽默。他常常想到一点什么事，独自咕咕地笑起来，谁也不知道他笑的什么。他爱给他的小说里的人起外号：翻得高、糊涂涂（均见《三里湾》）……他写的散文中有一个国民党小军官爱训话，训话中爱用"所以"，而把"所以"联读成为"水"，于是农民听起来很奇怪：他干嘛老说"水"呀？他写的"催租吏"是为了"显派"，戴了一副红玻璃的眼镜，眼镜度数不对，他就这样深一脚浅一脚地在农村的土路上走。

他抨击时事，也往往以幽默的语言出之。有一个时期，很多作品对农村情况多粉饰夸张，他回乡住了一阵，回来作报告，说农村情况不像许多作品那样好，农民还很苦，城乡差别还很大，说：我这块表，在农村可以买五头毛驴，这是块"五驴表"！他因此受到批评。

赵树理的小说有其独特的抒情诗意。他善于写农村的爱情，农村的女性。她们都很美，小飞蛾（《登记》）是这样，小芹（《小二黑结婚》）也是这样，甚至三仙姑（《小二黑结婚》）也是这样。这些，当然有赵树理自己对感情生活的忆念，是赵树理的初恋感情的折射。但是赵树理对爱情的态度是纯真的，圣洁的。

老舍先生

汪曾祺

北京东城乃兹府丰富胡同有一座小院。走进这座小院，就觉得特别安静、异常豁亮。这院子似乎经常布满阳光。院里有两棵不大的柿子树（现在大概已经很大了），到处是花，院里、廊下、屋里，摆得满满的。按季更换，都长得很精神，很滋润，叶子很绿，花开得很旺。这些花都是老舍先生和夫人胡絜青亲自莳弄的。天气晴和，他们把这些花一盆一盆抬到院子里，一身热汗。刮风下雨，又一盆一盆抬进屋，又是一身热汗。老舍先生曾说："花在人养。"老舍先生爱花，真是到了爱花成性的地步，不是可有可无的了。汤显祖曾说他的词曲"俊得江山助"。老舍先生的文章也可以说是"俊得花枝助"。叶浅予曾用白描为老舍先生画像，四面都是花，老舍先生坐在百花丛中的藤椅里，微仰着头，意态悠远。这张画不是写实，意思恰好。

客人被让进了北屋当中的客厅，老舍先生就从西边的一间屋子走出来。这是老舍先生的书房兼卧室。里面陈设很简单，一桌、一椅、一榻。老舍先生腰不好，习惯睡硬床。老舍先生是文雅的、彬彬有礼的。他的握手是轻轻的，但是很亲切。茶已经沏出色了，老舍先生执壶为客人倒茶。据我的印象，老舍先生总是自己给客人倒茶的。

老舍先生爱喝茶，喝得很勤，而且很酽。他曾告诉我，到莫斯科去开会，旅馆里倒是为他特备了一只暖壶。可是他沏了茶，刚喝了几口，一转眼，服务员就给倒了。"他们不知道，中国人是一天到晚喝茶的！"

有时候，老舍先生正在工作，请客人稍候，你也不会觉得闷得慌。你可以看看花。如果是夏天，就可以闻到一阵一阵香白杏的甜香味儿。一大盘香白杏放在条案上，那是专门为了闻香而摆设的。你还可以站起来看看西壁上挂的画。

老舍先生藏画甚富，大都是精品。所藏齐白石的画可谓"绝品"。壁上所挂的画是时常更换的。挂的时间较久的，是白石老人应老舍点题而画的四幅屏。其中一幅是很多人在文章里提到过的"蛙声十里出山泉"。"蛙声"如何画？白石老人只画了一脉活泼的流泉，两旁是乌黑的石崖，画的下端画了几只摆尾的蝌蚪。画刚刚裱起来时，我上老舍先生家去，老舍先生对白石老人的设想赞叹不止。

老舍先生极其爱重齐白石，谈起来时总是充满感情。我所知道的一点白石老人的逸事，大都是从老舍先生那里听来的。老舍先生谈这四幅里原来点的题有一句是苏曼殊的诗（是哪一句我忘记了），要求画卷心的芭蕉。老人踌躇了很久，终于没有应命，因为他想不起芭蕉的心是左旋还是右旋的了，不能胡画。老舍先生说："老人是认真的。"老舍先生谈起过，有一次要拍齐白石的画的电影，想要他拿出几张得意的画来，老人说："没有！"后来由他的学生再三说服动员，他才从画案的隙缝中取出一卷（他是木匠出身，他的画案有他自制的"消息"），外面裹着好几层报纸，写着四个大字："此是废纸。"打开一看，都是惊人的杰作——就是后来纪录片里所拍摄的。白石老人家里人口很多，每天煮饭的米都是老人亲自量，用一个香烟罐头。"一下、两下、三下……行了！"——"再添一点，再添一点！"——"吃那么多呀！"有人曾提出把老人接出来住，这么大岁数了，不要再操心这样的家庭琐事了。老舍先生知道了，给拦了，说："别！他这么着惯了。不叫他干这些，他就活不成了。"老舍先生的意见表现了他对人的理解，对一个人生活习惯的尊重，同时也表现了对白石老人真正的关怀。

老舍先生很好客，每天下午，来访的客人不断。作家，画家，戏曲、曲艺演员……老舍先生都是以礼相待，谈得很投机。

每年，老舍先生要把市文联的同人约到家里聚两次。一次是菊花开的时候，赏菊。一次是他的生日——我记得是腊月二十三。酒菜丰盛，而有特点。酒是"敞开供应"，汾酒、竹叶青、伏特卡，愿意喝什么喝什么，能喝多少喝多少。菜是老舍先生亲自搭配的。老舍先生有意叫大家尝尝地道的北京风味。我记得有一次有一瓷钵芝麻酱炖黄花鱼。这道菜我从未吃过，以后也再没有吃过。老舍家的芥末墩是我吃过的最好的芥末墩！有一年，他特意订了两大盒"盒子菜"。直径三尺许的朱红扁圆漆盒，里面分开若干格，装的不过是火腿、腊鸭、小肚、口条之类的切片，但都很精致。熬白菜端上来了，老舍先生举起筷子："来来来！这才是真正的好东西！"

老舍先生对他下面的干部很了解，也很爱护。当时市文联的干部不多，老舍先生对每个人都相当清楚。他不看干部的档案，也从不找人"个别谈话"，只是从平常的谈吐中就了解一个人的水平和才气，那是比看档案要准确得多的。老舍先生爱才，对有才华的青年，常常在各种场合称道，"平生不解藏人善，到处逢人说项斯"。而且所用的语言在有些人听起来是有点过甚其词，不留余地的。老舍先生不是那种惯说模棱两可、含糊其词、温暾水一样的官话的人。我在市文联几年，始终感到领导我们的是一位作家。他和我们的关系是前辈与后辈的关系，不是上下级关系。老舍先生这样"作家领导"的作风在市文联留下很好的影响，大家都平等相处，开诚布公，说话很少顾虑，都有点书生气、书卷气。

老舍先生是市文联的主席，自然也要处理一些"公务"，看文件，开会，做报告（也是由别人起草的）……但是作为一个北京市的文化工作的负责人，他常常想着一些别人没有想到或想不到的问题。

北京解放前有一些盲艺人，他们沿街卖艺，有的还兼带算命，生活很苦。他们的"玩意儿"和睁眼的艺人不全一样。老舍先生和一些盲艺人熟识，提议把这些盲艺人组织起来，使他们的生活有出路，别让他们的"玩意儿"绝了。为了引起各方面的重视，他把盲艺人请到市文联演唱了一次。老舍先生亲自主持，做了介绍，还特烦两位老艺人翟少平、王秀卿唱了一段《当皮箱》。这是一个喜剧性的牌子曲，里面有一个人物是当铺的掌柜，说山西话；有一个牌子叫"鹦哥调"，句尾的和声用喉舌作出有点像母猪拱食的声音，很特别，很逗。这个段子和这个牌子，是睁眼艺人没有的。老舍先生那天显得很兴奋。

北京有一座智化寺，寺里的和尚作法事和别的庙里的不一样，演奏音乐。他们演奏的乐调不同凡响，很古。所用乐谱别人不能识，记谱的符号不是工尺，而是一些奇奇怪怪的笔道。乐器倒也和现在常见的差不多，但主要的乐器却是管。据说这是唐代的"燕乐"。解放后，寺里的和尚多半已经各谋生计了，但还能集拢在一起。老舍先生把他们请来，演奏了一次。音乐界的同志对这堂活着的古乐都很感兴趣。老舍先生为此也感到很兴奋。

《当皮箱》和"燕乐"的下文如何，我就不知道了。

老舍先生是历届北京市人民代表。当人民代表就要替人民说话。以前人民代表大会的文件汇编是把代表提案都印出来的。有一年老舍先生的提案是：希望政府解决芝麻酱的供应问题。那一年北京芝麻酱缺货。老舍先生说："北京人夏天离不开芝麻酱！"不久，北京的油盐店里有芝麻酱卖了，北京人又吃上了香喷喷的麻酱面。

老舍是属于全国人民的，首先是属于北京人的。

一九五四年，我调离北京市文联，以后就很少上老舍先生家里去了。听说他有时还提到我。

悼念罗常培先生

老舍

　　与君长别日，悲忆少年时……

　　听到罗莘田（常培）先生病故的消息，我就含着热泪写下前面的两句。我想写好几首诗，哭吊好友。可是，越想泪越多，思想无法集中，再也写不下去！

　　悲忆少年时！是的，莘田与我是小学的同学。自初识到今天已整整有五十年了！叫我怎能不哭呢？这五十年间，世界上与国家里起了多大的变化呀，少年时代的朋友绝大多数早已不相闻问或不知下落了。在莘田活着的时候，每言及此，我们就都觉得五十年如一日的友情特别珍贵！

　　我记得很清楚：我从私塾转入学堂，即编入初小三年级，与莘田同班。我们的学校是西直门大街路南的两等小学堂。在同学中，他给我的印象最深，他品学兼优。而且长长的发辫垂在肩前，别人的辫子都垂在背后。虽然也吵过嘴，可是我们的感情始终很好。下午放学后，我们每每一同到小茶馆去听评讲《小五义》或《施公案》。出钱总是他替我付。我家里穷，我的手里没有零钱。

　　不久，这个小学堂改办女学。我就转入南草厂的第十四小学，莘田转到报子胡同第四小学。我们不大见面了。到入中学的时候，我们俩都考入了祖家街的第三中学，他比我小一岁，而级次高一班。他常常跃级，因为他既聪明，又肯用功。他的每门功课都很好，不像我那样对喜爱的就多用点心，不喜爱的就不大注意。在"三中"没有好久，我即考入北京师范，为的是师范学校既免收学膳费，又供给制服与书籍。从此，我与莘田又不常见了。

　　师范毕业后，我即去办小学，莘田一方面在参议院作速记员，一方面在北大读书。这就更难相见了。我们虽不大见面，但未相忘。此后许多年月中都是如此，忽聚忽散，而始终彼此关切。直到解放后，我们才又都回到北京，常常见面，高高兴兴地谈心道故。

莘田是学者，我不是。他的著作，我看不懂。那么，我们俩为什么老说得来，不管相隔多远，老彼此惦念呢？我想首先是我俩在作人上有相同之点，我们都耻于巴结人，又不怕自己吃点亏。这样，在那污浊的旧社会里，就能够独立不倚，不至被恶势力拉去作走狗。我们愿意自食其力，哪怕清苦一些。记得在抗日战争中，我在北碚，莘田由昆明来访，我就去卖了一身旧衣裳，好请他吃一顿小饭馆儿。可是，他正闹肠胃病，吃不下去。于是，相视苦笑者久之。

是的，遇到一处，我们总是以独立不倚，作事负责相勉。志同道合，所以我们老说得来。莘田的责任心极重，他的学生们都会作证。学生们大概有点怕他，因为他对他们的要求，在治学上与为人上，都很严格。学生们也都敬爱他，因为他对自己的要求也严格。他不但要求自己把学生教明白，而且要求把他们教通了，能够去独当一面，独立思考。他是那么负责，哪怕是一封普通的信，一张字条，也要写得字正文清，一丝不苟。多少年来，我总愿向他学习，养成凡事有条有理的好习惯，可总没能学到家。

　　莘田所重视的独立不倚的精神，在旧社会里有一定的好处。它使我们不至于利欲熏心，去趟混水。可是它也有毛病，即孤高自赏，轻视政治。莘田的这个缺点也正是我的缺点。我们因不关心政治，便只知恨恶反动势力，而看不明白革命运动。我们武断地以为二者既都是搞政治，就都不清高。在革命时代里，我们犯了错误——只有些爱国心，而不认识革命道路。细想起来，我们的独立不倚不过是独善其身，但求无过而已。我们的四面不靠，来自黑白不完全分明。我们总想远远躲开黑暗势力，而躲不开，可又不敢亲近革命。直到革命成功，我们才明白救了我们的是革命，而不是我们自己的独立不倚！

　　是的，到解放后，我们才看出自己的错误，从而都愿随着共产党走，积极为人民服务。彼此见面，我们不再提独立不倚，而代之以关心政治，改造思想。可是，多年来养成的思想习惯往往阻碍着我们的思想跃进。莘田哪，假若你能多活几岁，我相信我们会互相督励，勤于学习，叫我们的心眼更亮堂一些，胸襟更开朗一些，忘掉个人的小小顾虑，而全心全意地接受党的领导，作出更多更好的工作来！你死的太早了！

莘田虽是博读古籍的学者，却不轻视民间文学。他喜爱戏曲与曲艺，常和艺人们来往，互相学习。他会唱许多折昆曲。莘田哪，再也听不到你的圆滑的嗓音，高唱《长生殿》与《夜奔》了！

安眠吧，莘田！我知道：这二三年来，你的最大苦痛就是因为身体不好，不能照常工作，老觉得对不起党与人民！安眠吧，在治学与教学上你尽了所能尽的心力，在政治思想上你更不断地学习，改造自己，儿女们都已长大，朋友与学生们都不会忘了你，休息吧！特别重要的是，我们都知道，并且永难忘记：党怎么爱护你，信任你！疾病夺去你的生命，你的朋友、学生和子女却都会因你所受的爱护与教育而感激党，靠近党，从而全心全意地努力于社会主义的建设！安眠吧，五十年的老友！明年来祭你的时候，祖国的革命事业必又有飞跃的发展与成就，你含笑休息吧！

我的母亲

——

老舍

母亲的娘家是北平德胜门外，土城儿外边，通大钟寺的大路上的一个小村里。村里一共有四五家人家，都姓马。大家都种点不十分肥美的地，但是与我同辈的兄弟们，也有当兵的、作木匠的、作泥水匠的和当巡警的。他们虽然是农家，却养不起牛马，人手不够的时候，妇女便也须下地作活。

对于姥姥家，我只知道上述的一点。外公外婆是什么样子，我就不知道了，因为他们早已去世。至于更远的族系与家史，就更不晓得了；穷人只能顾眼前的衣食，没有功夫谈论什么过去的光荣；"家谱"这字眼，我在幼年就根本没有听说过。

母亲生在农家，所以勤俭诚实，身体也好。这一点事实却极重要，因为假若我没有这样的一位母亲，我以为我恐怕也就要大大的打个折扣了。

母亲出嫁大概是很早，因为我的大姐现在已是六十多岁的老太婆，而我的大外甥女还长我一岁啊。我有三个哥哥、四个姐姐，但能长大成人的，只有大姐、二姐、三姐、三哥与我。我是老儿子。生我的时候，母亲已有四十一岁，大姐二姐已都出了阁。

由大姐与二姐所嫁入的家庭来推断，在我生下之前，我的家里，大概还马马虎虎的过得去。那时候定婚讲究门当户对，而大姐丈是作小官的，二姐丈也开过一间酒馆，他们都是相当体面的人。

可是，我，我给家庭带来了不幸：我生下来，母亲晕过去半夜，才睁眼看见她的老儿子——感谢大姐，把我揣在怀中，致未冻死。

一岁半，我把父亲"克"死了。

兄不到十岁，三姐十二三岁，我才一岁半，全仗母亲独力抚养了。父亲的寡姐跟我们一块儿住，她喜摸纸牌，她的脾气极坏。为我们的衣食，母亲要给人家洗衣服，缝补或裁缝衣裳。在我的记忆中，她的手终年是鲜红微肿的。白天，她洗衣服，洗一两大绿瓦盆。她作事永远丝毫也不敷衍，就是屠户们送来的黑如铁的布袜，她也给洗得雪白。晚间，她与三姐抱着一盏油灯，还要缝补衣服，一直到半夜。她终年没有休息，可是在忙碌中她还把院子屋中收拾得清清爽爽。桌椅都是旧的，柜门的铜活久已残缺不全，可是她的手老使破桌面上没有尘土，残破的铜活发着光。院中，父亲遗留下的几盆石榴与夹竹桃，永远会得到应有的浇灌与爱护，年年夏天开许多花。

哥哥似乎没有同我玩耍过。有时候，他去读书；有时候，他去学徒；有时候，他也去卖花生或樱桃之类的小东西。母亲含着泪把他送走，不到两天，又含着泪接他回来。我不明白这都是什么事，而只觉得与他很生疏。与母亲相依为命的是我与三姐。因此，他们作事，我老在后面跟着。他们浇花，我也张罗着取水；他们扫地，我就撮土……从这里，我学得了爱花，爱清洁，守秩序。这些习惯至今还被我保存着。

有客人来，无论手中怎么窘，母亲也要设法弄一点东西去款待。舅父与表哥们往往是自己掏钱买酒肉食，这使她脸上羞得飞红，可是殷勤的给他们温酒作面，又给她一些喜悦。遇上亲友家中有喜丧事，母亲必把大褂洗得干干净净，亲自去贺吊——份礼也许只是两吊小钱。到如今如我的好客的习性，还未全改，尽管生活是这么清苦，因为自幼儿看惯了的事情是不易改掉的。

姑母常闹脾气。她单在鸡蛋里找骨头。她是我家中的阎王。直到我入了中学，她才死去，我可是没有看见母亲反抗过。"没受过婆婆的气，还不受大姑子的吗？命当如此！"母亲在非解释一下不足以平服别人的时候，才这样说。是的，命当如此。母亲活到老，穷到老，辛苦到老，全是命当如此。她最会吃亏。给亲友邻居帮忙，她总跑在前面：她会给婴儿洗三——穷朋友们可以因此少花一笔"请姥姥"钱——她会刮痧，她会给孩子们剃头，她会给少妇们绞脸……凡是她能作的，都有求必应。但是吵嘴打架，永远没有她。她宁吃亏，不逗气。当姑母死去的时候，母亲似乎把一世的委屈都哭了出来，一直哭到坟地。不知道哪里来的一位侄子，声称有承继权，母亲便一声不响，教他搬走那些破桌子烂板凳，而且把姑母养的一只肥母鸡也送给他。

可是，母亲并不软弱。父亲死在庚子闹"拳"的那一年。联军入城，挨家搜索财物鸡鸭，我们被搜两次。母亲拉着哥哥与三姐坐在墙根，等着"鬼子"进门，街门是开着的。"鬼子"进门，一刺刀先把老黄狗刺死，而后入室搜索。他们走后，母亲把破衣箱搬起，才发现了我。假若箱子不空，我早就被压死了。皇上跑了，丈夫死了，"鬼子"来了，满城是血光火焰，可是母亲不怕，她要在刺刀下，饥荒中，保护着儿女。北平有多少变乱啊！有时候兵变了，街市整条的烧起，火团落在我们院中。有时候内战了，城门紧闭，铺店关门，昼夜响着枪炮。这惊恐，这紧张，再加上一家饮食的筹划，儿女安全的顾虑，岂是一个软弱的老寡妇所能受得起的？可是，在这种时候，母亲的心横起来，她不慌不哭，要从无办法中想出办法来。她的泪会往心中落！这点软而硬的性格，也传给了我。我对一切人与事，都取和平的态度，把吃亏看作当然的。但是，在作人上，我有一定的宗旨与基本的法则，什么事都可将就，而不能超过自己画好的界限。我怕见生人，怕办杂事，怕出头露面；但是到了非我去不可的时候，我便不得不去，正像我的母亲。从私塾到小学，到中学，我经历过起码有廿位教师吧，其中有给我很大影响的，也有毫无影响的，但是我的真正的教师，把性格传给我的，是我的母亲。母亲并不识字，她给我的是生命的教育。

当我在小学毕了业的时候，亲友一致的愿意我去学手艺，好帮助母亲。我晓得我应当去找饭吃，以减轻母亲的勤劳困苦。可是，我也愿意升学。我偷偷的考入了师范学校——制服，饭食，书籍，宿处，都由学校供给。只有这样，我才敢对母亲提升学的话。入学，要交十元的保证金。这是一笔巨款！母亲作了半个月的难，把这巨款筹到，而后含泪把我送出门去。她不辞劳苦，只要儿子有出息。当我由师范毕业，而被派为小学校校长，母亲与我都一夜不曾合眼。我只说了句："以后，您可以歇一歇了！"她的回答只有一串串的眼泪。我入学之后，三姐结了婚。母亲对儿女是都一样疼爱的，但是假若她也有点偏爱的话，她应当偏爱三姐，因为自父亲死后，家中一切的事情都是母亲和三姐共同撑持的。三姐是母亲的右手。但是母亲知道这右手必须割去，她不能为自己的便利而耽误了女儿的青春。当花轿来到我们的破门外的时候，母亲的手就和冰一样的凉，脸上没有血色——那是阴历四月，天气很暖。大家都怕她晕过去。可是，她挣扎着，咬着嘴唇，手扶着门框，看花轿徐徐的走去。不久，姑母死了。三姐已出嫁，哥哥不在家，我又住学校，家中只剩母亲自己。她还须自晓至晚的操作，可是终日没人和她说一句话。新年到了，正赶上政府倡用阳历，不许过旧年。除夕，我请了两小时的假。由拥挤不堪的街市回到清炉冷灶的家中。母亲笑了。及至听说我还须回校，她愣住了。半天，她才叹出一口气来。到我该走的时候，她递给我一些花生："去吧，小子！"街上是那么热闹，我却什么也没看见，泪遮迷了我的眼。今天，泪又遮住了我的眼，又想起当日孤独的过那凄惨的除夕的慈母。可是慈母不会再候盼着我了，她已入了土！

儿女的生命是不依顺着父母所设下的轨道一直前进的，所以老人总免不了伤心。我廿三岁，母亲要我结了婚，我不要。我请来三姐给我说情，老母含泪点了头。我爱母亲，但是我给了她最大的打击。时代使我成为逆子。廿七岁，我上了英国。为了自己，我给六十多岁的老母以第二次打击。在她七十大寿的那一天，我还远在异域。那天，据姐姐们后来告诉我，老太太只喝了两口酒，很早的便睡下。她想念她的幼子，而不便说出来。

七七抗战后，我由济南逃出来。北平又像庚子那年似的被"鬼子"占据了，可是母亲日夜惦念的幼子却跑西南来。母亲怎样想念我，我可以想象得到，可是我不能回去。每逢接到家信，我总不敢马上拆看，我怕，怕，怕，怕有那不祥的消息。人，即使活到八九十岁，有母亲便可以多少还有点孩子气。失了慈母便像花插在瓶子里，虽然还有色有香，却失去了根。有母亲的人，心里是安定的。我怕，怕，怕家信中带来不好的消息，告诉我已是失了根的花草。

去年一年，我在家信中找不到关于老母的起居情况。我疑虑，害怕。我想象得到，如有不幸，家中念我流亡孤苦，或不忍相告。母亲的生日是在九月，我在八月半写去祝寿的信，算计着会在寿日之前到达。信中嘱咐千万把寿日的详情写来，使我不再疑虑。十二月二十六日，由文化劳军的大会上回来，我接到家信。我不敢拆读。就寝前，我拆开信，母亲已去世一年了！

生命是母亲给我的。我之能长大成人，是母亲的血汗灌养的。我之能成为一个不十分坏的人，是母亲感化的。我的性格、习惯，是母亲传给的。她一世未曾享过一天福，临死还吃的是粗粮。唉！还说什么呢？心痛！心痛！

人间难免别离愁

藤野先生[①]

鲁迅

　　东京也无非是这样。上野的樱花烂熳的时节，望去确也像绯红的轻云，但花下也缺不了成群结队的"清国留学生"的速成班，头顶上盘着大辫子，顶得学生制帽的顶上高高耸起，形成一座富士山。也有解散辫子，盘得平的，除下帽来，油光可鉴，宛如小姑娘的发髻一般，还要将脖子扭几扭。实在标致极了。

　　中国留学生会馆的门房里有几本书买，有时还值得去

────────────

[①] 本文发表于 1926 年 12 月 10 日《莽原》半月刊第一卷第二十三期。藤野先生即藤野严九郎，日本福井县人。1901年入仙台医学专门学校任教，曾教过鲁迅。

一转；倘在上午，里面的几间洋房里倒也还可以坐坐的。但到傍晚，有一间的地板便常不免要咚咚咚地响得震天，兼以满房烟尘斗乱；问问精通时事的人，答道："那是在学跳舞。"

到别的地方去看看，如何呢？

我就往仙台的医学专门学校去。从东京出发，不久便到一处驿站，写道：日暮里。不知怎地，我到现在还记得这名目。其次却只记得水户了，这是明的遗民朱舜水①先生客死的地方。仙台是一个市镇，并不大；冬天冷得利害；还没有中国的学生。

大概是物以希为贵罢。北京的白菜运往浙江，便用红头绳系住菜根，倒挂在水果店头，尊为"胶菜"；福建野生着的芦荟，一到北京就请进温室，且美其名曰"龙舌兰"。我到仙台也颇受了这样的优待，不但学校不收学费，几个职员还为我的食宿操心。我先是住在监狱旁边

---

① 朱舜水（1600—1682），明清之际思想家。字楚屿，又字鲁屿，号舜水，浙江余姚人。明亡，图据舟山为抗清根据地，失败后亡命日本、越南、暹罗（今泰国）等地，与张煌言等进行反清复明活动。事败，居日本讲学二十余年。卒于日本。

一个客店里的，初冬已经颇冷，蚊子却还多，后来用被盖了全身，用衣服包了头脸，只留两个鼻孔出气。在这呼吸不息的地方，蚊子竟无从插嘴，居然睡安稳了。饭食也不坏。但一位先生却以为这客店也包办囚人的饭食，我住在那里不相宜，几次三番，几次三番地说。我虽然觉得客店兼办囚人的饭食和我不相干，然而好意难却，也只得别寻相宜的住处了。于是搬到别一家，离监狱也很远，可惜每天总要喝难以下咽的芋梗汤①。

从此就看见许多陌生的先生，听到许多新鲜的讲义。解剖学是两个教授分任的。最初是骨学。其时进来的是一个黑瘦的先生，八字须，戴着眼镜，挟着一叠大大小小的书。一将书放在讲台上，便用了缓慢而很有顿挫的声调，向学生介绍自己道：

"我就是叫作藤野严九郎的……。"

后面有几个人笑起来了。他接着便讲述解剖学在日本发达的历史，那些大大小小的书，便是从最初到现今关于这一门学问的著作。起初有几本是线装的；还有翻

---

① 芋梗汤，日本人用酱料、芋梗等物做的汤。

刻中国译本的，他们的翻译和研究新的医学，并不比中
国早。

那坐在后面发笑的是上学年不及格的留级学生，在校
已经一年，掌故颇为熟悉的了。他们便给新生讲演每个教
授的历史。这藤野先生，据说是穿衣服太模胡了，有时竟
会忘记带领结；冬天是一件旧外套，寒颤颤的，有一回上
火车去，致使管车的疑心他是扒手，叫车里的客人大家小
心些。

他们的话大概是真的，我就亲见他有一次上讲堂没有
带领结。

过了一星期，大约是星期六，他使助手来叫我了。到
得研究室，见他坐在人骨和许多单独的头骨中间，——他
其时正在研究着头骨，后来有一篇论文在本校的杂志上发
表出来。

"我的讲义，你能抄下来么？"他问。

"可以抄一点。"

"拿来我看！"

我交出所抄的讲义去，他收下了，第二三天便还我，
并且说，此后每一星期要送给他看一回。我拿下来打开

看时，很吃了一惊，同时也感到一种不安和感激。原来我的讲义已经从头到末，都用红笔添改过了，不但增加了许多脱漏的地方，连文法的错误，也都一一订正。这样一直继续到教完了他所担任的功课：骨学，血管学，神经学。

可惜我那时太不用功，有时也很任性。还记得有一回藤野先生将我叫到他的研究室里去，翻出我那讲义上的一个图来，是下臂的血管，指着，向我和蔼的说道：

"你看，你将这条血管移了一点位置了。——自然，这样一移，的确比较的好看些，然而解剖图不是美术，实物是那么样的，我们没法改换它。现在我给你改好了，以后你要全照着黑板上那样的画。"

但是我还不服气，口头答应着，心里却想道：

"图还是我画得不错；至于实在的情形，我心里自然记得的。"

学年试验完毕之后，我便到东京玩了一夏天，秋初再回学校，成绩早已发表了，同学一百余人之中，我在中间，不过是没有落第。这回藤野先生所担任的功课，是解剖实习和局部解剖学。

解剖实习了大概一星期，他又叫我去了，很高兴地，仍用了极有抑扬的声调对我说道：

"我因为听说中国人是很敬重鬼的，所以很担心，怕你不肯解剖尸体。现在总算放心了，没有这回事。"

但他也偶有使我很为难的时候。他听说中国的女人是裹脚的，但不知道详细，所以要问我怎么裹法，足骨变成怎样的畸形，还叹息道："总要看一看才知道。究竟是怎么一回事呢？"

有一天，本级的学生会干事到我寓里来了，要借我的讲义看。我检出来交给他们，却只翻检了一通，并没有带走。但他们一走，邮差就送到一封很厚的信，拆开看时，第一句是：

"你改悔罢！"

这是《新约》上的句子罢，但经托尔斯泰新近引用过的。其时正值日俄战争①，托老先生便写了一封给俄国和日本的皇帝的信，开首便是这一句。日本报纸上很斥责他

———————

① 日俄战争，日本和俄国为争夺中国东北和韩国权益而进行的帝国主义战争。因为战争主要在中国境内进行，故不少中国人被裹挟其中。

的不逊，爱国青年也愤然，然而暗地里却早受了他的影响了。其次的话，大略是说上年解剖学试验的题目，是藤野先生在讲义上做了记号，我预先知道的，所以能有这样的成绩。末尾是匿名。

我这才回忆到前几天的一件事。因为要开同级会，干事便在黑板上写广告，末一句是"请全数到会勿漏为要"，而且在"漏"字旁边加了一个圈。我当时虽然觉到圈得可笑，但是毫不介意，这回才悟出那字也在讥刺我了，犹言我得了教员漏泄出来的题目。

我便将这事告知了藤野先生；有几个和我熟识的同学也很不平，一同去诘责干事托辞检查的无礼，并且要求他们将检查的结果，发表出来。终于这流言消灭了，干事却又竭力运动，要收回那一封匿名信去。结末是我便将这托尔斯泰式的信退还了他们。

中国是弱国，所以中国人当然是低能儿，分数在六十分以上，便不是自己的能力了：也无怪他们疑惑。但我接着便有参观枪毙中国人的命运了。第二年添教霉菌学，细菌的形状是全用电影来显示的，一段落已完而还没有到下课的时候，便影几片时事的片子，自然都是日本战胜俄国的情形。但偏有中国人夹在里边：给俄国人做侦探，被日本军捕获，要枪毙了，围着看的也是一群中国人；在讲堂里的还有一个我。

"万岁！"他们都拍掌欢呼起来。

这种欢呼，是每看一片都有的，但在我，这一声却特别听得刺耳。此后回到中国来，我看见那些闲看枪毙犯人的人们，他们也何尝不酒醉似的喝采，——呜呼，无法可想！但在那时那地，我的意见却变化了。

到第二学年的终结，我便去寻藤野先生，告诉他我将不学医学，并且离开这仙台。他的脸色仿佛有些悲哀，似乎想说话，但竟没有说。

"我想去学生物学，先生教给我的学问，也还有用的。"其实我并没有决意要学生物学，因为看得他有些凄然，便说了一个慰安他的谎话。

"为医学而教的解剖学之类，怕于生物学也没有什么大帮助。"他叹息说。

将走的前几天，他叫我到他家里去，交给我一张照相，后面写着两个字道："惜别"，还说希望将我的也送他。但我这时适值没有照相了；他便叮嘱我将来照了寄给他，并且时时通信告诉他此后的状况。

我离开仙台之后，就多年没有照过相，又因为状况也无聊，说起来无非使他失望，便连信也怕敢写了。经过的年月一多，话更无从说起，所以虽然有时想写信，却又难以下笔，这样的一直到现在，竟没有寄过一封信和一张照片。从他那一面看起来，是一去之后，杳无消息了。

但不知怎地，我总还时时记起他，在我所认为我师的之中，他是最使我感激，给我鼓励的一个。有时我常常想：他的对于我的热心的希望，不倦的教诲，小而言之，是为中国，就是希望中国有新的医学；大而言之，是为学术，就是希望新的医学传到中国去。他的性格，在我的眼里和心里是伟大的，虽然他的姓名并不为许多人所知道。

他所改正的讲义，我曾经订成三厚本，收藏着的，将作为永久的纪念。不幸七年前迁居的时候，中途毁坏了一口书箱，失去半箱书，恰巧这讲义也遗失在内了。责成运送局去找寻，寂无回信。只有他的照相至今还挂在我北京寓居的东墙上，书桌对面。每当夜间疲倦，正想偷懒时，仰面在灯光中瞥见他黑瘦的面貌，似乎正要说出抑扬顿挫的话来，便使我忽又良心发现，而且增加勇气了，于是点上一支烟，再继续写些为"正人君子"之流所深恶痛疾的文字。

10 月 12 日

范爱农[①]

鲁迅

　　在东京的客店里，我们大抵一起来就看报。学生所看的多是《朝日新闻》和《读卖新闻》，专爱打听社会上琐事的就看《二六新闻》[②]。一天早晨，辟头就看见一条从中国来的电报，大概是：

　　"安徽巡抚恩铭被 Jo Shiki Rin 刺杀，刺客就擒。"

　　大家一怔之后，便容光焕发地互相告语，并且研究这

刺客是谁，汉字是怎样三个字。但只要是绍兴人，又不专看教科书的，却早已明白了。这是徐锡麟[1]，他留学回国之后，在做安徽候补道，办着巡警事务，正合于刺杀巡抚的地位。

大家接着就预测他将被极刑，家族将被连累。不久，秋瑾姑娘在绍兴被杀的消息也传来了，徐锡麟是被挖了心，给恩铭的亲兵炒食净尽。人心很愤怒。有几个人便秘密地开一个会，筹集川资；这时用得着日本浪人[2]了，撕乌贼鱼下酒，慷慨一通之后，他便登程去接徐伯荪的家属去。

照例还有一个同乡会，吊烈士，骂满洲；此后便有人主张打电报到北京，痛斥满政府的无人道。会众即刻分成两派：一派要发电，一派不要发。我是主张发电的，但当我说出之后，即有一种纯滞的声音跟着起来：

"杀的杀掉了，死的死掉了，还发什么屁电报呢。"

---

[1] 徐锡麟，字伯荪，浙江山阴（今绍兴）人，中国民主革命烈士。

[2] 日本浪人原指日本幕府时代失去禄位、离开主家流浪的武士。明治维新后，有些为军部所用，充当对外侵略扩张的先锋。

这是一个高大身材，长头发，眼球白多黑少的人，看人总像在藐视。他蹲在席子上，我发言大抵就反对；我早觉得奇怪，注意着他的了，到这时才打听别人：说这话的是谁呢，有那么冷？认识的人告诉我说：他叫范爱农，是徐伯荪的学生。

我非常愤怒了，觉得他简直不是人，自己的先生被杀了，连打一个电报还害怕，于是便坚执地主张要发电，同他争起来。结果是主张发电的居多数，他屈服了。其次要推出人来拟电稿。

"何必推举呢？自然是主张发电的人罗——。"他说。

我觉得他的话又在针对我，无理倒也并非无理的。但我便主张这一篇悲壮的文章必须深知烈士生平的人做，因为他比别人关系更密切，心里更悲愤，做出来就一定更动人。于是又争起来。结果是他不做，我也不做，不知谁承认做去了；其次是大家走散，只留下一个拟稿的和一两个干事，等候做好之后去拍发。

从此我总觉得这范爱农离奇，而且很可恶。天下可恶的人，当初以为是满人，这时才知道还在其次；第一倒是范爱农。中国不革命则已，要革命，首先就必须将范爱农除去。

然而这意见后来似乎逐渐淡薄，到底忘却了，我们从此也没有再见面。直到革命的前一年，我在故乡做教员，大概是春末时候罢，忽然在熟人的客座上看见了一个人，互相熟视了不过两三秒钟，我们便同时说：

"哦哦，你是范爱农！"

"哦哦，你是鲁迅！"

不知怎地我们便都笑了起来，是互相的嘲笑和悲哀。他眼睛还是那样，然而奇怪，只这几年，头上却有了白发了，但也许本来就有，我先前没有留心到。他穿着很旧的布马褂，破布鞋，显得很寒素。谈起自己的经历来，他说他后来没有了学费，不能再留学，便回来了。回到故乡之后，又受着轻蔑，排斥，迫害，几乎无地可容。现在是躲在乡下，教着几个小学生糊口。但因为有时觉得很气闷，所以也趁了航船进城来。

他又告诉我现在爱喝酒，于是我们便喝酒。从此他每一进城，必定来访我，非常相熟了。我们醉后常谈些愚不可及的疯话，连母亲偶然听到了也发笑。一天我忽而记起在东京开同乡会时的旧事，便问他：

"那一天你专门反对我，而且故意似的，究竟是什么缘故呢？"

"你还不知道？我一向就讨厌你的——不但我，我们。"

"你那时之前，早知道我是谁么？"

"怎么不知道。我们到横滨，来接的不就是子英①和你么？你看不起我们，摇摇头，你自己还记得么？"

我略略一想，记得的，虽然是七八年前的事。那时是子英来约我的，说到横滨去接新来留学的同乡。汽船一到，看见一大堆，大概一共有十多人，一上岸便将行李放到税关上去候查检，关吏在衣箱中翻来翻去，忽然翻出一双绣花的弓鞋来，便放下公事，拿着子细地看。我很不满，心里想，这些鸟男人，怎么带这东西来呢。自己不注意，那时也许就摇了摇头。检验完毕，在客店小坐之后，即须上火车。不料这一群读书人又在客车上让起坐位来了，甲要乙坐在这位上，乙要丙去坐，揖让未终，火车已开，车身一摇，即刻跌倒了三四个。我那时也很不满，暗地里想：连火车上的坐位，他们也要分

——————

① 陈濬，字子英，浙江绍兴人。

114

出尊卑来……。自己不注意，也许又摇了摇头。然而那群雍容揖让的人物中就有范爱农，却直到这一天才想到。岂但他呢，说起来也惭愧，这一群里，还有后来在安徽战死的陈伯平[1]烈士，被害的马宗汉[2]烈士；被囚在黑狱里，到革命后才见天日而身上永带着匪刑的伤痕的也还有一两人。而我都茫无所知，摇着头将他们一并运上东京了。徐伯荪虽然和他们同船来，却不在这车上，因为他在神户就和他的夫人坐车走了陆路了。

我想我那时摇头大约有两回，他们看见的不知道是那一回。让坐时喧闹，检查时幽静，一定是在税关上的那一回了，试问爱农，果然是的。

"我真不懂你们带这东西做什么？是谁的？"

"还不是我们师母的？"他瞪着他多白的眼。

"到东京就要假装大脚，又何必带这东西呢？"

"谁知道呢？你问她去。"

---

[1] 陈伯平，原名渊，字墨峰，自号光复子。浙江绍兴人。1907年与马宗汉同赴安徽参加徐锡麟起义，阵亡。

[2] 马宗汉，名纯昌，字子畦，自号宗汉子。浙江余姚人。1907年随徐锡麟起义，据守军械局，弹尽被俘，于8月24日就义。

到冬初，我们的景况更拮据了，然而还喝酒，讲笑话。忽然是武昌起义，接着是绍兴光复。第二天爱农就上城来，戴着农夫常用的毡帽，那笑容是从来没有见过的。

"老迅，我们今天不喝酒了。我要去看看光复的绍兴。我们同去。"

我们便到街上去走了一通，满眼是白旗。然而貌虽如此，内骨子是依旧的，因为还是几个旧乡绅所组织的军政府，什么铁路股东是行政司长，钱店掌柜是军械司长……。这军政府也到底不长久，几个少年一嚷，王金发①带兵从杭州进来了，但即使不嚷或者也会来。他进来以后，也就被许多闲汉和新进的革命党所包围，大做王都督②。在衙门里的人物，穿布衣来的，不上十天也大概换上皮袍子了，天气还并不冷。

---

① 王金发，名逸，字季高，浙江嵊县（今嵊州）人。早年加入会党，从事反清斗争。后参加光复会，赴日本留学。1907 年响应徐锡麟安庆起义。辛亥革命时，率敢死队攻上海江南机器制造总局，继赴杭州。在绍兴成立军政分府，任都督。1913 年招集旧部参加"二次革命"。1915 年被督理浙江军务朱瑞杀害。

② 都督，辛亥革命时所设的地方最高军政长官，后改称督军。

　　我被摆在师范学校校长的饭碗旁边，王都督给了我校款二百元。爱农做监学，还是那件布袍子，但不大喝酒了，也很少有工夫谈闲天。他办事，兼教书，实在勤快得可以。

　　"情形还是不行，王金发他们。"一个去年听过我的讲义的少年来访问我，慷慨地说，"我们要办一种报① 来监督他们。不过发起人要借用先生的名字。还有一个是子英先生，一个是德清② 先生。为社会，我们知道你决不推却的。"

　　我答应他了。两天后便看见出报的传单，发起人诚然是三个。五天后便见报，开首便骂军政府和那里面的人员；此后是骂都督，都督的亲戚，同乡，姨太太……。

　　这样地骂了十多天，就有一种消息传到我的家里来，说都督因为你们诈取了他的钱，还骂他，要派人用手枪来打死你们了。

---

① 一种报指《越铎日报》。1912 年 1 月 3 日创刊于绍兴，同
　年 8 月 1 日被迫停刊。鲁迅为该报发起人之一，并曾为之
　撰文。
② 德清，孙德卿，开明绅士，曾参加革命活动。

别人倒还不打紧，第一个着急的是我的母亲，叮嘱我不要再出去。但我还是照常走，并且说明，王金发是不来打死我们的，他虽然绿林大学出身①，而杀人却不很轻易。况且我拿的是校款，这一点他还能明白的，不过说说罢了。

果然没有来杀。写信去要经费，又取了二百元。但仿佛有些怒意，同时传令道：再来要，没有了！

不过爱农得到了一种新消息，却使我很为难。原来所谓"诈取"者，并非指学校经费而言，是指另有送给报馆的一笔款。报纸上骂了几天之后，王金发便叫人送去了五百元。于是乎我们的少年们便开起会议来，第一个问题是：收不收？决议曰：收。第二个问题是：收了之后骂不骂？决议曰：骂。理由是：收钱之后，他是股东；股东不好，自然要骂。

我即刻到报馆去问这事的真假。都是真的。略说了

---

① 新莽末年，王匡、王凤等聚众起义，占据绿林山（今湖北大洪山），号称"绿林军"。后因称聚集山林，武装反抗封建统治，诛锄恶霸土豪的好汉为"绿林"。王金发曾领导浙东洪门会党平阳党，故此处作者戏称他是"绿林大学出身"。

几句不该收他钱的话，一个名为会计的便不高兴了，质问我道：

"报馆为什么不收股本？"

"这不是股本……。"

"不是股本是什么？"

我就不再说下去了，这一点世故是早已知道的，倘我再说出连累我们的话来，他就会面斥我太爱惜不值钱的生命，不肯为社会牺牲，或者明天在报上就可以看见我怎样怕死发抖的记载。

然而事情很凑巧，季茀①写信来催我往南京了。爱农也很赞成，但颇凄凉，说：

"这里又是那样，住不得。你快去罢……。"

我懂得他无声的话，决计往南京。先到都督府去辞职，自然照准，派来了一个拖鼻涕的接收员，我交出账目和余款一角又两铜元，不是校长了。后任是孔教会②会长

_____

① 许寿裳，浙江绍兴人，教育家。此处所言"写信来催我往南京"，指他邀作者去南京教育部任职。

② 孔教会是 1912 年 10 月在上海成立的尊孔派组织，由封建遗老遗少组成，为袁世凯窃国复辟服务，在全国各地设了不少分会。

傅力臣。

报馆案^①是我到南京后两三个星期了结的，被一群兵们捣毁。子英在乡下，没有事；德清适值在城里，大腿上被刺了一尖刀。他大怒了。自然，这是很有些痛的，怪他不得。他大怒之后，脱下衣服，照了一张照片，以显示一寸来宽的刀伤，并且做一篇文章叙述情形，向各处分送，宣传军政府的横暴。我想，这种照片现在是大约未必还有人收藏着了，尺寸太小，刀伤缩小到几乎等于无，如果不加说明，看见的人一定以为是带些疯气的风流人物的裸体照片，倘遇见孙传芳大帅，还怕要被禁止的。

我从南京移到北京的时候，爱农的学监也被孔教会会长的校长设法去掉了。他又成了革命前的爱农。我想为他在北京寻一点小事做，这是他非常希望的，然而没有机会。他后来便到一个熟人的家里去寄食，也时时给我信，景况愈困穷，言辞也愈凄苦。终于又非走出这熟人的家不可，便在各处飘浮。不久，忽然从同乡那里得到一个消息，说他已经掉在水里，淹死了。

---

① 报馆案指《越铎日报》报馆被王金发派人捣毁一案。事发于 1912 年 8 月 1 日。

我疑心他是自杀[①]。因为他是浮水的好手，不容易淹死的。

夜间独坐在会馆里，十分悲凉，又疑心这消息并不确，但无端又觉得这是极其可靠的，虽然并无证据。一点法子都没有，只做了四首诗[②]，后来曾在一种日报上发表，现在是将要忘记完了。只记得一首里的六句，起首四句是："把酒论天下，先生小酒人。大圜犹酩酊，微醉合沉沦。"中间忘掉两句，末了是："旧朋云散尽，余亦等轻尘。"

后来我回故乡去，才知道一些较为详细的事。爱农先是什么事也没得做，因为大家讨厌他。他很困难，但还喝酒，是朋友请他的。他已经很少和人们来往，常见的只剩下几个后来认识的较为年青的人了，然而他们似乎也不愿意多听他的牢骚，以为不如讲笑话有趣。

"也许明天就收到一个电报，拆开来一看，是鲁迅来

---

① 关于范爱农的死，在 1912 年 5 月 9 日范爱农给作者的信中，曾有"如此世界，实何生为？盖吾辈生成傲骨，未能随波逐流，惟死而已，端无生理"等句。故作者怀疑他是自杀的。

② 实为三首，文中所引为第三首，所缺句为：此别成终古，从兹绝绪言。

叫我的。"他时常这样说。

一天，几个新的朋友约他坐船去看戏，回来已过夜半，又是大风雨，他醉着，却偏要到船舷上去小解。大家劝阻他，也不听，自己说不会掉下去的。但他掉下去了，虽然能浮水，却从此不起来。

第二天打捞尸体，是在菱荡里找到的，直立着。

我至今不明白他究竟是失足还是自杀。

他死后一无所有，遗下一个幼女和他的夫人。有几个人想集一点钱作他女孩将来的学费的基金，因为一经提议，即有族人来争这笔款的保管权，——其实还没有这笔款，——大家觉得无聊，便无形消散了。

现在不知他唯一的女儿景况如何？倘在上学，中学已该毕业了罢。

11 月 18 日

记念刘和珍君

鲁迅

一

中华民国十五年（1926）三月二十五日，就是国立北京女子师范大学为十八日在段祺瑞执政府前遇害的刘和珍杨德群两君开追悼会的那一天，我独在礼堂外徘徊，遇见程君，前来问我道："先生可曾为刘和珍写了一点什么没有？"我说"没有"。她就正告我："先生还是写一点罢；刘和珍生前就很爱看先生的文章。"

这是我知道的，凡我所编辑的期刊，大概是因为往往有始无终之故罢，销行一向就甚为寥落，然而在这样的生活艰难中，毅然预定了《莽原》全年的就有她。我也早觉得有写一点东西的必要了，这虽然于死者毫不相干，但在生者，却大抵只能如此而已。倘使我能够相信真有所谓"在天之灵"，那自然可以得到更大的安慰，——但是，现在，却只能如此而已。

可是我实在无话可说。我只觉得所住的并非人间。四十多个青年的血，洋溢在我的周围，使我艰于呼吸视听，那里还能有什么言语？长歌当哭，是必须在痛定之后的。而此后几个所谓学者文人的阴险的论调，尤使我觉得悲哀。我已经出离愤怒了。我将深味这非人间的浓黑的悲凉；以我的最大哀痛显示于非人间，使它们快意于我的苦痛，就将这作为后死者的菲薄的祭品，奉献于逝者的灵前。

二

真的猛士，敢于直面惨淡的人生，敢于正视淋漓的鲜血。这是怎样的哀痛者和幸福者？然而造化又常常为庸人设计，以时间的流驶，来洗涤旧迹，仅使留下淡红的血色和微漠的悲哀。在这淡红的血色和微漠的悲哀中，又给人暂得偷生，维持着这似人非人的世界。我不知道这样的世界何时是一个尽头！

我们还在这样的世上活着；我也早觉得有写一点东西的必要了。离三月十八日也已有两星期，忘却的救主快要降临了罢，我正有写一点东西的必要了。

三

在四十余被害的青年之中，刘和珍君是我的学生。学生云者，我向来这样想，这样说，现在却觉得有些踌躇了，我应该对她奉献我的悲哀与尊敬。她不是"苟活到现在的我"的学生，是为了中国而死的中国的青年。

她的姓名第一次为我所见，是在去年夏初杨荫榆女士做女子师范大学校长，开除校中六个学生自治会职员的时候。其中的一个就是她；但是我不认识。直到后来，也许已经是刘百昭率领男女武将，强拖出校之后了，才有人指着一个学生告诉我，说：这就是刘和珍。其时我才能将姓名和实体联合起来，心中却暗自诧异。我平素想，能够不为势利所屈，反抗一广有羽翼的校长的学生，无论如何，总该是有些桀骜锋利的，但她却常常微笑着，态度很温和。待到偏安于宗帽胡同，赁屋授课之后，她才始来听我的讲义，于是见面的回数就较多了，也还是始终微笑着，态度很温和。待到学校恢复旧观，往日的教职员以为责任已尽，准备陆续引退的时候，我才见她虑及母校前途，黯然至于泣下。此后似乎就不相见。总之，在我的记忆上，那一次就是永别了。

四

我在十八日早晨，才知道上午有群众向执政府请愿的事；下午便得到噩耗，说卫队居然开枪，死伤至数百人，而刘和珍君即在遇害者之列。但我对于这些传说，竟至于颇为怀疑。我向来是不惮以最坏的恶意，来推测中国人的，然而我还不料，也不信竟会下劣凶残到这地步。况且始终微笑着的和蔼的刘和珍君，更何至于无端在府门前喋血呢？

然而即日证明是事实了，作证的便是她自己的尸骸。还有一具，是杨德群君的。而且又证明着这不但是杀害，简直是虐杀，因为身体上还有棍棒的伤痕。

但段政府就有令，说她们是"暴徒"！

但接着就有流言，说她们是受人利用的。

惨象，已使我目不忍视了；流言，尤使我耳不忍闻。我还有什么话可说呢？我懂得衰亡民族之所以默无声息的缘由了。沉默呵，沉默呵！不在沉默中爆发，就在沉默中灭亡。

五

但是，我还有要说的话。

我没有亲见；听说，她，刘和珍君，那时是欣然前往的。自然，请愿而已，稍有人心者，谁也不会料到有这样的罗网。但竟在执政府前中弹了，从背部入，斜穿心肺，已是致命的创伤，只是没有便死。同去的张静淑君想扶起她，中了四弹，其一是手枪，立仆；同去的杨德群君又想去扶起她，也被击，弹从左肩入，穿胸偏右出，也立仆。但她还能坐起来，一个兵在她头部及胸部猛击两棍，于是死掉了。

始终微笑的和蔼的刘和珍君确是死掉了，这是真的，有她自己的尸骸为证；沉勇而友爱的杨德群君也死掉了，有她自己的尸骸为证；只有一样沉勇而友爱的张静淑君还在医院里呻吟。当三个女子从容地转辗于文明人所发明的枪弹的攒射中的时候，这是怎样的一个惊心动魄的伟大呵！中国军人的屠戮妇婴的伟绩，八国联军的惩创学生的武功，不幸全被这几缕血痕抹杀了。

但是中外的杀人者却居然昂起头来，不知道个个脸上有着血污……。

六

时间永是流驶，街市依旧太平，有限的几个生命，在中国是不算什么的，至多，不过供无恶意的闲人以饭后的谈资，或者给有恶意的闲人作"流言"的种子。至于此外的深的意义，我总觉得很寥寥，因为这实在不过是徒手的请愿。人类的血战前行的历史，正如煤的形成，当时用大量的木材，结果却只是一小块，但请愿是不在其中的，更何况是徒手。

然而既然有了血痕了，当然不觉要扩大。至少，也当浸渍了亲族，师友，爱人的心，纵使时光流驶，洗成绯红，也会在微漠的悲哀中永存微笑的和蔼的旧影。陶潜说过："亲戚或余悲，他人亦已歌，死去何所道，托体同山阿。"倘能如此，这也就够了。

七

　　我已经说过：我向来是不惮以最坏的恶意来推测中国人的。但这回却很有几点出于我的意外。一是当局者竟会这样地凶残，一是流言家竟至如此之下劣，一是中国的女性临难竟能如是之从容。

　　我目睹中国女子的办事，是始于去年的，虽然是少数，但看那干练坚决，百折不回的气概，曾经屡次为之感叹。至于这一回在弹雨中互相救助，虽殒身不恤的事实，则更足为中国女子的勇毅，虽遭阴谋秘计，压抑至数千年，而终于没有消亡的明证了。倘要寻求这一次死伤者对于将来的意义，意义就在此罢。

　　苟活者在淡红的血色中，会依稀看见微茫的希望；真的猛士，将更奋然而前行。

　　呜呼，我说不出话，但以此记念刘和珍君！

一个真实人的一生[①]——记胡也频

丁玲

　　记得是一九二七年的冬天，那时我们住在北京的汉花园，一所与北大红楼隔河、并排、极不相称的小楼上。我们坐在火炉旁，偶然谈起他的童年生活来了。从这时起我才知道他的出身。这以前，也曾知道一点，却实在少，现在想起来觉得很奇怪，不知为什么他很少同我谈，也不知为什么，我简直没有问过他。但从这次谈话以后，我是比较多了解他一些，也更尊敬他一些，或者更恰当地说，我更同情他了。

[①] 本文为《胡也频选集》（开明书店 1951 年第 1 版）的序言。

　　他祖父是做什么的，到现在我还不清楚，总之，不是做官，不是种地，也不是经商，收入却还不错。也频幼小时，因为身体不好，曾经长年吃过白木耳之类的补品，并且还附读在别人的私塾里，可见那时生活还不差。祖父死了后，家里过得不宽裕，他父亲曾经以包戏为生。也频说："我一直到现在都还要特别关心到下雨。"他描写给我听，说一家人都最怕下雨，一早醒来，赶忙去看天，如果天晴，一家大小都笑了；如果下雨，或阴天，就都发愁起来了。因为下雨就不会有很多人去看戏，他们就要赔钱了。他父亲为什么不做别的事，要去做这一行，我猜想也许同他的祖父有关系，但这猜想是靠不住的。也频一讲到这里，他就告诉我他有一个时期，每天晚上都要去看戏。我还笑着说他："怪不得你对于旧小说那样熟悉。"

　　稍微大了一点后，他不能在私塾附读了，就在一个金银首饰铺当学徒。他弟弟也同时在另一家金铺当学徒。铺子里学徒很多，大部分都在作坊里。老板看见他比较秀气和伶俐，叫在柜台上做事，收拾打扫铺面，替掌柜、先生们打水、铺床、倒夜壶，来客了装烟倒茶，实际就是奴仆。晚上临时搭几个凳子在柜台里睡觉。冬夜很冷，常常通宵睡不着。当他睡不着的时候，他就去想，在脑子里装满了疑问。他常常做着梦，梦想能够到另一个社会里去，到那些拿白纸旗、游街、宣传救国的青年学生们的世界里去。他厌弃学打算盘，学看真假洋钱，看金子成色，尤其是讨厌听掌柜的、先生们向顾主们说各式各样的谎语。但他不但不能离开，而且侮辱更多地压了下来。夜晚当他睡熟了后，大的学徒跑来企图侮辱他，他抗拒，又不敢叫唤，怕惊醒了先生们，只能死命地去抵抗，他的手流血了，头碰到柜台上，大学徒看见不成功，就恨恨地尿了他一脸的尿。他爬起去洗脸，尿、血、眼泪一齐揩在手巾上。他不能说什么，无处诉苦，也不愿告诉父母，只能隐忍着，把恨埋藏在心里。他想，总有一天要报仇的。

有一天，铺子里失落了一对金戒指，这把整个铺子都闹翻了，最有嫌疑的是也频，因为戒指是放在玻璃盒子内，也频每早每晚要把盒子拿出来摆设和搬回柜子里，他又很少离开柜台。开始他们暗示他，要他拿出来，用各种好话来骗他，后来就威胁他，说要送到局子里去，他们骂他、羞辱他、推他、敲他，并且把他捆了。他辩白，他哭，他求他们，一切都没有用；后来他不说了，也不哭了，任凭别人摆布。他心里后悔没有偷他们的金戒指，他恨恨地望着那些首饰，心里想："总有一天要偷掉你们的东西！"

戒指找出来了，是掌柜的拿到后边太太那里去看，忘了拿回来。他们放了他，没有向他道歉。但是谁也没有知道在这小孩子的心里种下了一个欲望，一个报复的欲念。在事件发生后一个月，这个金铺子的学徒失踪了，同时也失踪了一副很重的大金钏。金铺子问他的父母要金钏，他父母问金铺子要人。大家打官司、告状，事情一直没有结果。另一家金铺把他弟弟也辞退了。家里找不着他，发急，母亲日夜流泪，但这学徒却不再出现在福州城里。

也频怀着一颗愉快的、颤栗的心，也怀着那副沉重的金钏，惶惶然搭了去上海的海船。他睡在舱面上，望着无边翻滚的海浪，他不知应该怎么样。他曾想回去，把金钏还了别人，但他想起了他们对他的种种态度。可是他往哪里去呢？他要去做什么呢？他就这样离开了父母和兄弟们吗？海什么都不能告诉他，白云把他引得更远。他不能哭泣，他这时大约才十四五岁。船上没有一个他认识的人。他得想法活下去。他随船到了上海。随着船上的同乡住到一个福州人开的小旅馆。谁也相信他是来找他舅舅的。很多从旧戏上得到的一些社会知识，他都应用上了。他住在旅馆里好些天了，把平素积攒下来的几个钱用光了，把在出走前问他母亲要的几块钱也用光了，"舅舅"也没找着。他想去找事做，或者还当学徒，他一直也没有敢去兑换金钏，他总觉得这不是他自己的东西，他决不定究竟该不该用它。他做了一件英勇的事情，却又对这事情的本身有怀疑。

在小栈房的来客中，他遇到一个比他大不了一两岁的男孩子。他问明白了他是小有天酒馆的少东家，在浦东中学上学。他们做了朋友，他劝他到浦东中学去。他想起了他在家里所看见的那群拿白纸旗的学生来。他们懂得那样多，他们曾经在他们铺子外讲演，他们宣传反对帝国主义，反对卖国条约"二十一条"，他们是和金铺子里的掌柜、先生、顾主完全不同的人，也同他的父母是不同的人，虽然他们年纪小，个子不高，可是他们使他感觉是比较高大的人，是英雄的人物。他曾经很向往他们，现在他可以进学堂了，他向着他们的道路走去，向一个有学问、为国家、为社会的人物的道路走去。他是多么地兴奋，甚至不敢有太多的幻想啊！于是他兑换了金钏，把大部分钱存在银行，小部分交了学费，交了膳费，还了旅馆的债。他脱离了学徒生活，他曾经整整三年在那个金铺中；他脱离了一个流浪的乞儿生活，他成了一个学生了。他替自己起了一个名字叫胡崇轩。这大约是一九二〇年春天的事。

他在这里读书有一年多的样子，行踪终究被他父亲知道了。父亲从家乡赶到上海来看他，他不能责备儿子，也不能要儿子回去。也频如果回去了，首先得归还金钏，这数目他父亲是无法筹措的。他只得留在这里读书。父亲为他想了一个办法，托同乡关系把也频送到大沽口的海军学校，那里是免费的，这样他不但可以不愁学膳费，还可以找到一条出路。这样也频很快就变成一个海军学生了。他在这里学的是机器制造。他一点也没有想到他会与文学发生关系，他只想成为一个专门技术人才；同时也不会想到他与工人阶级革命有什么关系，他那时似乎很安心于他的学习。

他的钱快用完时，他的学习就停止了，海军学校停办。他到了北京。他希望能投考一个官费的大学，没有成功。他不能回家，又找不到事做，就流落在一些小公寓里。有的公寓老板简直无法把他赶出门，他常常帮助他们记账、算账、买点东西，晚上就替老板的儿子补习功课。他有一个同学是交通大学的学生，这人是一个地主的儿子，他很会用地主剥削农民的方法和也频交朋友。他因为不愿翻字典查生字，就叫也频替他查，预备功课，也频就常常每天替他查二三百生字，从东城到西城来。他有时留也频吃顿饭，还不断地把自己的破袜子、旧鞋子给也频。也频就把他当着惟一可亲的人来往着。尤其是在冬天，他的屋子里是暖和的，也频每天冒着寒风跑来后，总可以在这暖和屋子呆几个钟头，虽然当晚上回去时街道上奇冷。

　　除了这个地主儿子的朋友以外，他还有一个官僚儿子的朋友也救济过他。这个朋友，是同乡，也是同学；海军学校停办后，因为肺病，没有继续上学，住在北京家里休养。父亲是海军部的官僚。这个在休养中的年轻人常常感到生活的寂寞，需要有人陪他玩，他常常打电话来找也频，也频就陪他去什刹海，坐在芦席棚里，泡一壶茶。他喜欢旧诗，也做几句似通非通的《咏莲花》《春夜有感》的七绝和五言律诗，他要也频和他。也频无法也就只得胡诌。有时两人在那里联句。鬼混一天之后，他可以给也频一元钱的车钱。也频却走回去，这块钱就拿来解决很多问题。一直到也频把他介绍给我听的时候，还觉得他是一个很慷慨的朋友，甚至常常感激他。因为后来也频有一次被公寓老板逼着要账，也频又害了很重的痢疾，去求他的时候，他曾用五十元大洋救了也频。可惜我一直没有见过，那原因还是因为我听了这些故事之后，曾把他这些患难时的恩人骂过，很不愿意也频再和他们来往；实际也有些过激的看法，由于生活的窄狭，眼界的窄狭，就有了那么窄狭的情感了。

穷惯了的人，对于贫穷也就没有什么恐慌。也频到了完全无法应付日子的时候，那两个朋友一些小小施予只能打发几顿饭、打发一点剃头钱、一点鞋袜而不能应付公寓的时候，他就把一件旧夹袍、两条单裤往当铺里一塞，换上一元多钱搭四等车、四等舱跑到烟台去了。烟台有一个他同学的哥哥在那里做官。他去做一种极不受欢迎的客人。他有时陪主人夫妇吃饭，主人要是有另外的客人，他就到厨房去和当差们一道吃饭。主人看见是兄弟的朋友，不便马上赶他走，他自己也没有什么不安，他还不能懂得许多世故，以为朋友曾经这样约过他的，他就不管。时间很长，他一个人拿几本从北京动身时借的小说到海边上去读。

蔚蓝的海水是那样的平稳，那样的深厚，广阔无边，海水洗去了他在北京时那种嗷嗷待哺、亟亟奔走的愁苦，海水给了他另一种雄伟的胸怀。他静静地躺在大天地中，听柔风与海浪低唱，领会自然。他更任思绪纵横，把他短短十几年的颠簸生活，慢慢在这里消化，把他仅有的一点知识，在这里凝聚。他感到了所谓人生了。他朦胧地有了些觉醒，他对生活有了些意图了。他觉得人不只是求生存的动物，人不应受造物的捉弄，人应该创造，创造生命，创造世界。在他的身上，有了新的东西的萌芽。他不是一个学徒的思想，也不是一个海军学生的思想，他只觉得他要起来，与白云一同变幻飞跃，与海水一道奔腾。于是他敞衣，跣足，遨游于烟台的海边沙滩上。

但这样的生活是不会长久下去的。主人不得不打发他走了。主人送他二三十元的路费，又给了他一些庸俗的箴言，好象是鼓励他，实际是希望他不要再来了。他拿了这些钱，笑了一笑，又坐上了四等舱。这一点点钱又可以使公寓老板把他留在北京几个月。他非常喜欢这些老板，觉得他们都是如何宽厚的人啊！

北京这个古都是一个学习的城，文化的城。那时北京有《晨报》副刊，后来又有《京报》副刊，常常登载一些名人的文章。公寓里住的大学生们，都是一些歌德的崇拜者，海涅、拜伦、济慈的崇拜者，鲁迅的崇拜者，这里常常谈起莫泊桑、契诃夫、易卜生、莎士比亚、高尔基、托尔斯泰……而这些大学生们似乎对学校的功课并不十分注意，他们爱上旧书摊，上小酒馆，游览名胜，爱互相过从，寻找朋友，谈论天下古今，尤其爱提笔写诗，写文，四处投稿。也频在北京住着，既然太闲，于是也跑旧书摊（他无钱买书，就站在那里把书看个大半），也读起外国作品来了；在房子里还把《小说月报》上一些套色画片剪下来，贴在墙上。还有准备做诗人的一些青年人，也稍稍给他一些眼光和几句应酬话。要做技术专家的梦，已经完全破灭，在每天都可以饿肚子的情况下，一些新的世界，古典文学，浪漫主义的生活情调与艺术气质，一天一天侵蚀着这个孤单的流浪青年，把他极简单的脑子引向美丽的、英雄的、神奇的幻想，而与他的现实生活并不相称。

一九二四年，他与另外两位熟人在《京报》编辑了一个一星期一张的附刊，名为《民众文艺周刊》。他在这上边用胡崇轩的名字发表过一两篇短篇小说和短文。他那时是倾向于《京报》副刊、鲁迅先生的，但他却因为稿件的关系，一下就和休芸芸（沈从文）成了文章的知己。我们也是在这年夏天认识的。由于我的出身、教育、生活经历，看得出我们的思想、性格、感情都不一样，但他的勇猛、热烈、执拗、乐观和穷困都惊异了我，虽说我还觉得他有些简单，有些蒙昧，有些稚嫩，但却是少有的"人"，有着最完美的品质的人。他还是一块毫未经过雕琢的璞玉，比起那些光滑的烧料玻璃珠子，不知高到什么地方去了。因此我们一下就有了很深的友谊。

我那时候的思想正是非常混乱的时候，有着极端的反叛情绪，盲目地倾向于社会革命，但因为小资产阶级的幻想，又疏远了革命的队伍，走入孤独的愤懑、挣扎和痛苦。所以我的狂狷和孤傲，给也频的影响是不好的。他沾染上了伤感与虚无。那一个时期他的诗，的确充满了这种可悲的感情。我们曾经很孤独地生活了一个时期。在这一个时期中，中国轰轰烈烈的大革命运动在南方如火如荼，而我们却蛰居北京，无所事事。也频日夜钻进了他的诗，我呢，只拿烦闷打发每一个日子。现在想来，该是多么可惋惜的啊！这一时期如果应该受到责备的话，那是应该由我来负责的。因为当我们认识的时候，我已经老早就进过共产党办的由陈独秀、李达领导的平民女子学校和后来的上海大学。在革命的队伍中是有着我的老师、同学和挚友。我那时也曾经想南下过，却因循下去了，一直没有什么行动。

直到一九二七年，大革命失败，"四一二""马日事变"等等才打醒了我。我每天听到一些革命的消息，听到一些熟人的消息，许多我敬重的人牺牲了，也有朋友正在艰苦中坚持，也有朋友动摇了，我这时极想到南方去，可是迟了，我找不到什么人了。不容易找人了。我恨北京！我恨死了北京！我恨北京的文人、诗人！形式上我很平安，不大讲话，或者只象一个热情诗人的爱人或妻子，但我精神上苦痛极了。除了小说，我找不到一个朋友。于是我写小说了，我的小说就不得不充满了对社会的鄙视和个人孤独的灵魂的倔强挣扎。我的苦痛，和非常想冲破旧的狭小圈子的心情，也影响了也频。

一九二八年春天，我们都带着一种朦胧的希望到上海去了。开始的时候我们还只能个人摸索着前进，还不得不把许多希望放在文章上。我们两人加上沈从文，就从事于杂志编辑和出版工作。把杂志和出版处都定名为"红黑"，就是带着横竖也要搞下去，怎么样也要搞下去的意思。后来还是因为种种原因不能坚持下去。但到上海后，我们的生活前途和写作前途都慢慢走上了一个新的方向。

也频有一点基本上与沈从文和我是不同的。就是他不象我是一个爱幻想的人，他是一个喜欢实际行动的人；不象沈从文是一个常处于动摇的人，既反对统治者（沈从文在年轻时代的确有过一些这种情绪），又希望自己也能在上流社会有些地位。也频却是一个坚定的人。他还不了解革命的时候，他就诅咒人生，讴歌爱情；但当他一接触革命思想的时候，他就毫不怀疑，勤勤恳恳去了解那些他从来也没听到过的理论。他先是读那些马克思主义的文艺理论，后来也涉及到其他的社会科学书籍。他毫不隐藏他的思想，他写了中篇小说《到莫斯科去！》。那时我们三人的思想情况是不同的。沈从文因为一贯与"新月社"、"现代评论"派有些友谊，所以他始终羡慕绅士阶级，他已经不甘于一个清苦的作家的生活，也不大满足于一个作家的地位，他很想能当一个教授。他到吴淞中国公学去教书了。奇怪的是他下意识地对左翼的文学运动者们不知为什么总有些害怕。我呢，我自以为比他们懂得些革命，靠近革命，我始终规避着从文的绅士朋友，我看出我们本质上有分歧，但不愿有所争执，破坏旧谊，他和也频曾象亲兄弟过。但我也不喜欢也频转变后的小说，我常说他是"左"倾幼稚病。我想，要么找我那些老朋友去，完全做地下工作，要么写文章。我那时把革命与文学还不能很好地联系着去看，同时英雄主义也使我以为不搞文学专搞工作才是革命（我的确对从实际斗争上退到文学阵营里来的革命者有过一些意见），否则，就在文学上先搞出一个名堂来。我那时对于我个人的写作才能多少有些过分的估计，这样就不能有什么新的决定了。只有也频不是这种想法。他原来对我是无所批判的，这时却自有主张了，也常常感叹他与沈从文的逐渐不坚固的精神上有距离的友谊。

他怎样也不愿失去一个困苦时期结识的挚友，不得不常常无言地对坐，或话不由衷。这种心情，他只能告诉我，也只有我懂得他。

办"红黑出版处"是一个浪漫的冒险行为，后来不能继续下去，更留给我们一笔不小数目的债务。也频为着还债，不得不一人去济南省立高中教书。一个多月以后，等我到济南时，也频完全变了一个人。我简直不了解为什么他被那么多的同学拥戴着。天一亮，他的房子里就有人等着他起床，到夜深还有人不让他睡觉。他是济南高中最激烈的人物，他成天宣传马克思主义，宣传唯物史观，宣传鲁迅与雪峰翻译的那些文艺理论，宣传普罗文学。我看见那样年轻的他，被群众所包围、所信仰，而他却是那样的稳重、自信、坚定，侃侃而谈，我说不出地欣喜。我问他："你都懂得吗？"他答道："为什么不懂得？我觉得要懂得马克思也很简单，首先是你要相信他，同他站在一个立场。"我不相信他的话，我觉得他很有味道。当时我的确是不懂得他的，一直到许久的后来，我才明白他的话，我才明白他为什么一下就能这样，这的确同他的出身、他的生活、他的品格有很大的关系。

后来他参加了学校里的一些斗争。他明白了一些教育界的黑幕，这没有使他消极，他更成天和学生们在一起。有些同学们在他的领导下成立了一个文学研究会，参加的有四五百人，已经不是文学的活动，简直是政治的活动，使校长、训育主任都不得不出席，不得不说普罗文学了。我记得那是五月四日，全学校都轰动起来了。一群群学生到我们家里来。大家兴奋得无可形容。晚上，也频和我又谈到这事，同他一道去济南教书的董每戡也在一道。我们已经感觉到问题的严重性。依靠着我的经验，我说一定要找济南的共产党，取得协助，否则，我们会失败的。但济南的党怎样去找呢？究竟我们下学期要不要留在这里，都成问题。也频特别着急，他觉得他已经带上这样一个大队伍，他需要更有计划。他提议他到上海去找党，由上海的关系来找济南的党，请他们派人来领导，因为我们总不会长期留在济南，我们都很想回上海。我和董每戡不赞成，正谈得很紧张时，校长张默生来找也频了。张走后，也频告诉我们道："真凑巧，我正要去上海，他们也很同意，且送了路费。"我们不信，他就从口袋里掏出一卷钞票，是二百元。也频说："但是，我不想去了。我要留在这里看看。"我们还不能十分懂，也频才详细地告诉我们，说省政府已经通缉也频了，说第二天就来捉人，要抓的还有楚图南和学生会主席。何思源（教育厅长）透露了这个消息，所以校长甘冒风险，特为送了路费来，要他们事先逃走。看来这是好意。这个消息来得太突然，三个人都没有什么经验，也不懂什么惧怕。也频的意见是不走，或者过几天走，他愿意明白一个究竟，更重要的是他舍不得那些同学，他要向他们说明，要勉励他们。我那时以为也频不是共产党员，又没有做什么秘密组织工作，只宣传普罗文学难道有罪吗？后来还是学校里的另一个教员董秋芳来了，他劝我们走。董秋芳在同事之中是比较与我们靠近的，他自然多懂些世故。经过很久，才决定了，也频很难受地只身搭夜车去青岛。当我第二天也赶到时，知道楚图南和那学生会主席也都到了青岛，那年轻学生并跟着我们一同到了上海。

上海这年的夏天很热闹，刚成立不久的左翼作家联盟和社会科学家联盟等团体在上海都有许多活动。我们都参加了左联，也频并且在由王学文与冯雪峰负责的一个暑期讲习班文学组教书。他被选为左联的执行委员，担任工农兵文学委员会主席。他很少在家。我感到他变了，他前进了，而且是飞跃的。我是赞成他的，我也在前进，却是在爬。我大半都一人留在家里写我的小说《一九三〇年春上海》。

是八月间的事吧。也频忽然连我也瞒着参加了一个会议。他只告诉我晚上不回来，我没有问他。过了两天他才回来，他交给我一封瞿秋白同志写给我的信。我猜出了他的行动，知道他们会见了，他才告诉我果然开了一个会。各地的共产党负责人都参加了，他形容那个会场给我听。他们这会开得非常机密。他说，地点在一家很阔气的洋房子里，楼下完全是公馆样子。经常有太太们进进出出，打牌开留声机。外埠来的代表，陆续进去，进去后就关在三楼。三楼上经常是不开窗子的。上海市的同志最后进去。进去后就开会。会场满挂镰刀斧头红旗，严肃极了。会后是外埠的先走。至于会议内容，也频一句也没有告诉我，所以到现在我还不很清楚是一种什么性质的会。但我看得出这次会议更加引起了也频的浓厚的政治兴趣。

看见他那一股劲头，我常笑说："改行算了吧！"但他并不以为然，他说："更应当写了。以前不明白为什么要写，不知道写什么，还写了那么多，现在明白了，就更该写了。"他在挤时间，也就是说在各种活动、工作的短促的间歇中争取时间写他的长篇小说《光明在我们的前面》。

这一时期我们生活过得比以前任何时候都艰苦都严肃。以前当我们有了些稿费后，总爱一两天内把它挥霍去，现在不了，稿费收入也减少，有一点也放在那里。取消了我们的一切娱乐。直到冬天为了我的生产，让产期过得稍微好些，才搬了一个家，搬到环境房屋都比较好些的靠近法国公园的万宜坊。

阳历十一月七号，十月革命节的那天，我进了医院。八号那天，雷雨很大，九十点钟的时候，也频到医院来看我。我看见他两个眼睛红肿，知道他一夜没有睡，但他很兴奋地告诉我："《光明在我们的前面》已经完成了。你说，光明不是在我们前面吗？"中午我生下了一个男孩。他哭了，他很难得哭的。他是为同情我而哭呢，还是为幸福而哭呢？我没有问他。总之，他很激动地哭了。可是他没有时间陪我们，他又开会去了。晚上他没有告诉我什么，第二天他才告诉我，他在左联的全体会上，被选为出席苏维埃第一次代表大会的代表。并且他在请求入党。这时我也哭了，我看见他在许多年的黑暗中挣扎、摸索，找不到一条人生的路，现在找着了，他是那样有信心，是的，光明在我们前面，光明已经在我们脚下，光明来到了。我说："好，你走吧，我将一人带着小频。你放心！"

等我出医院后，我们口袋中已经一个钱也没有了。我只能和他共吃一客包饭。他很少在家，我还不能下床，小孩爱哭，但我们生活得却很有生气。我替他看稿子，修改里面的错字。他回来便同我谈在外面工作的事。他是做左联工农兵文学委员会工作的，他认识几个工人同志，他还把其中一个引到过我们家里。那位来客一点也不陌生，教我唱《国际歌》，喜欢我的小孩。我感到一种从来没有过的新鲜情感。

为着不得不雇奶妈，他把两件大衣都拿去当了。白天穿着短衣在外边跑，晚上开夜车写一篇短篇小说。我说，算了吧，你不要写那不好的小说了吧。因为我知道他对他写的这篇小说并不感兴趣。他的情绪已经完全集中在去江西上面。我以为我可以起来写作了。但他不愿我为稿费去写作。从来也是这样的，当我们需要钱的时候，他就自己去写；只要我在写作的时候，他就尽量张罗，使家中生活过得宽裕些，或者悄悄去当铺，不使我感到丝毫经济压迫，有损我的创作心情。一直到现在，只要我有作品时，我总不能不想起也频，想起他对于我的写作事业的尊重和尽心尽力的爱护与培养。我能把写作坚持下来，在开始的时候，在那样一段艰苦的时候，实在是因为有也频那种爱惜。

他的入党申请被批准了，党组织的会有时就来我们家里开。事情一天天明显，他又在上海市七个团体的会上被选上，决定要他去江西。本来商量我送小频回湖南，然后我们一同去的，时间来不及了。只好仍作他一人去的准备。后来他告诉我，如果我们一定要同去的话，冯乃超同志答应帮我们带孩子，因为他们也有一个孩子。这件事很小，也没成功，但当时我们一夜没睡，因为第一次感到同志的友情，阶级的友情，我也才更明白我过去所追求的很多东西，在旧社会中永远追不到，而在革命队伍里面，到处都有我所想象的伟大的情感。

这时沈从文从武汉大学来上海了。他看见也频穿得那样单薄，我们生活得那样窘，就把他一件新海虎绒袍子借给也频穿了。

一月十七号了，也频要走的日子临近了。他最近常常去苏维埃代表大会准备会的机关接头。我们一切都准备好了，只等着走。这天早晨，他告诉我要去开左联执委会，开完会后就去从文那里借两块钱买挽联布送房东，要我等他吃午饭。他穿着暖和的长袍，兴高采烈地走了。但中午他没有回来。下午从文来了，是来写挽联的。他告诉我也频十二点钟才从他那里出来，说好买了布就回来吃饭，并且约好他下午来写挽联。从文没有写挽联，我们无声地坐在房里等着。我没有地方可去，我不知道能够到哪里去找他。我抱着孩子，呆呆地望着窗外的灰色的天空。从文坐了一会走了。我还是只能静静地等着命运的拨弄。

天黑了，屋外开始刮起风来了。房子里的电灯亮了，可是却沉寂得象死了人似的。我不能呆下去，又怕跑出去。我的神经紧张极了，我把一切想象都往好处想，一切好情况又都不能镇静下我的心。我不知在什么时候冲出了房，在马路上狂奔。到后来，我想到乃超的住处，便走到福煦路他的家。我看见从他住房里透出淡淡的灯光，去敲前门，没有人应；又去敲后门，仍是没有人应。我站在马路中大声喊，他们也听不见。街上已经没有人影，我再要去喊时，看见灯熄了。我痴立在那里，想着他们温暖的小房，想着睡在他们身旁的孩子，我疯了似的又跑了起来，跑回了万宜坊。房子里仍没有也频的影子，孩子乖乖地睡着，他什么也不知道啊！啊！我的孩子！

等不到天大亮，我又去找乃超。这次我走进了他的屋子，乃超沉默地把我带到冯雪峰的住处。他也刚刚起来，他也正有一个婴儿睡在床上。雪峰说，恐怕出问题了。柔石是被捕了，他昨天同捕房的人到一个书店找保，但没有被保出来。他们除了要我安心以外，没有旁的什么办法，他们自己每天也有危险在等着。我明白，我不能再难受了，我要挺起腰来，我要一个人生活。而且我觉得，这种事情好象许久以来都已经在等着似的，好象这并非偶然的事，而是必然要来的一样。那么，既然来了，就挺上去吧。我平静地到了家。我到家的时候，从文也来了，交给我一张黄色粗纸，上边是铅笔写的字，我一看就认出是也频的笔迹。我如获至宝，读下去，证实也频被捕了，他是在苏维埃代表大会准备会的机关中被捕的。他的口供是随朋友去看朋友。他要我们安心，要我转告组织，他是决不会投降的。他现住在老闸捕房。我紧紧握着这张纸，我能怎样呢。我向从文说："我要设法救他，我一定要把他救出来！"我才明白，我实在不能没有他，我的孩子也不能没有爸爸。

下午李达和王会悟把我接到他们家里去住，我不得不离开了万宜坊。第二天沈从文带了二百元给我，是郑振铎借给我的稿费，并且由郑振铎和陈望道署名写了一封信给邵力子，要我去找他。我只有一颗要救也频的心，没有什么办法，我决定去南京找邵力子。不知什么人介绍了一个可以出钱买的办法，我也去做，托了人去买。我又找了老闸捕房的律师，律师打听了向我说，人已转到公安局，我又去找公安局律师，回信又说人已转在龙华司令部。上海从十八号就雨雪霏霏，我因产后缺乏调理，身体很坏，一天到晚在马路上奔走，这里找人，那里找人，脚上长了冻疮。我很怕留在家里，觉得人在跑着，希望也象多一点似的。跑了几天，毫没有跑出一个头绪来。但也频的信又来了。我附了一个回信去，告诉他，我们很好，正在设法营救。第二天我又去龙华司令部看他。

天气很冷，飘着小小的雪花，我请沈从文陪我去看他。我们在那里等了一上午，答应把送去的被子，换洗衣服交进去，人不准见。我们想了半天，又请求送十元钱进去，并要求能得到一张收条。这时铁门前探监的人都走完了，只剩我们两人。看守答应了。一会，我们听到里面有一阵人声，在两重铁栅门里的院子里走过了几个人。我什么也没有看清，沈从文却看见了一个熟识的影子，我们断定是也频出来领东西，写收条，于是聚精会神地等着。果然，我看见他了，我大声喊起来："频！频！我在这里！"也频掉过头来，他也看见我了，他正要喊时，巡警又把他推走了。我对从文说："你看他那样子多有精神啊！"他还穿着那件海虎绒袍子，手放在衣衩子里，象把袍子撩起来，免得沾着泥一样。后来我才明白他手为什么是那样，因为他为着走路方便，是提着镣走的。他们一进去就都戴着镣。也频也曾要我送两条单裤，一条棉裤给他，要求从裤腿到裤裆都用扣子，我那时一点常识也没有，不懂得为什么他要这种式样的裤子。

　　从牢里送一封信出来，要三元钱，带一封回信去，就要五元钱。也频寄了几封信出来，从信上情绪看来，都同他走路的样子差不多，很有精神。他只怕我难受，倒常常安慰我。如果我只从他的来信来感觉，我会乐观些的，但我因为在外边，我所走的援救他的路，都告诉我要援救他是很困难的。邵力子说他是无能为力的，他写了一封信给张群，要我去找这位上海市长，可是他又悄悄告诉旁人，说找张群也不会有什么用，他说要找陈立夫。那位说可以设法买人的也回绝了，说这事很难。龙华司令部的律师谢绝了，他告诉我这案子很重，二三十个人都上了脚镣手铐，不是重犯不会这样的。我又去看也频，还是没有见到，只送了钱进去，这次连影子也没有见到。天老是不断地下雨、下雪，人的心也一天紧似一天，永远有一块灰色的云压在心上。这日子真太长啊！

　　二月七号的夜晚，我和沈从文从南京搭夜车回来。沈从文是不懂政治的，他并不懂得陈立夫就是刽子手，他幻想国民党的宣传部长（那时是宣传部长）也许看他作家的面上，帮助另一个作家。我也太幼稚，不懂得陈立夫在国民党内究居何等位置。沈从文回来告诉我，说陈立夫把这案情看得非常重大，但他说如果胡也频能答应他出来以后住在南京，或许可以想想办法。当时我虽不懂得这是假话，是圈套，但我从心里不爱听这句话，我说："这是办不到的。也频决不会同意。他宁肯坐牢，死，也不会在有条件底下得到自由。我也不愿意他这样。"我很后悔沈从文去见他，尤其是后来，对国民党更明白些后，觉得那时真愚昧，为什么在敌人的屠刀下，希望他的伸援！从文知道这事困难，也就不再说话。我呢，似乎倒更安定了，以一种更为镇静的态度催促从文回上海。我感觉到事情快明白了，快确定了。既然是坏的，就让我多明白些，少去希望吧。我已经不做再有什么希望的打算。到上海时，天已放晴。看见了李达和王会悟，只惨笑了一下。我又去龙华，龙华不准见。我约了一个送信的看守人，我在小茶棚子里等了一下午，他借故不来见我。我又明白了些。我猜想，也频或者已经不在人世了，但他究竟怎样死的呢？我总得弄明白。

　　沈从文去找了邵洵美①，把我又带了去，看见了一个相片册子，里面有也频，还有柔石。也频穿的海虎绒袍子，没戴眼镜，是被捕后的照相。谁也没说什么，我更明白

————————

① 邵洵美，新月派诗人、散文家、出版家、翻译家。他和那时的社会人物多有交往。

了，我回家就睡了。这天夜晚十二点的时候，沈从文又来了。他告诉我确实消息，是二月七号晚上牺牲的，就在龙华。我说："嗯！你回去休息吧。我想睡了。"

十号下午，那个送信的看守人来了，他送了一封信给我。我很镇静地接待他，我问也频现在哪里。他说去南京了，我问他带了铺盖没有，他有些狼狈。我说："请你告诉我真情实况，我老早已经知道了。"他赶忙说，也频走时，他并未值班，他看出了我的神情，他慌忙道："你歇歇吧！"他不等我给钱就朝外跑，我跟着追他，也追不到了。我回到房后，打开了也频最后给我的一封信。——这封信在后来我被捕时遗失了，但其中的大意我是永远记得的。

信的前面写上"年轻的妈妈"，跟着他告诉我牢狱的生活并不枯燥和痛苦，有许多同志在一道。这些同志都有着很丰富的生活经验，他天天听他们讲故事，他有强烈的写作欲望，相信可以写出更好的作品。他要我多寄些稿纸给他，他要写，他还可以记载许多材料寄出来给我。他既不会投降，他估计总得有那么二三年的徒刑。坐二三年牢，他是不怕的，他还很年轻。他不会让他的青春在牢中白白过去。他希望我把孩子送回湖南给妈妈，免得妨碍创作。孩子送走了，自然会寂寞些，但能创作，会更感到充实。他要我不要脱离左联，应该靠紧他们。他勉励我，鼓起我的勇气，担当一时的困难，并且指出方向。他的署名是"年轻的爸爸"。

他这封信是二月七日白天写好的。他的生命还那样美好，那样健康，那样充满了希望。可是就在那天夜晚，统治者的魔手就把那美丽的理想、年轻的生命给掐死了！当他写这封信时，他还一点也不知道黑暗已笼罩着他，一点也不知道他生命的危殆，一点也不知道他已经只能留下这一缕高贵的感情给那年轻的妈妈了！我从这封信回溯他的一生，想到他的勇猛，他的坚强，他的热情，他的忘我，他是充满了力量的人啊！他找了一生，冲撞了一生，他受过多少艰难，好容易他找到了真理，他成了一个共产党员，他走上了光明大道。可是从暗处伸来了压迫，他们不准他走下去，他们不准他活。我实在为他伤心，为这样年轻有为的人伤心，我不能自已地痛哭了，疯狂地痛哭了！从他被捕后，我第一次流下了眼泪，也无法停止这眼泪。李达先生站在我床头，不断地说："你是有理智的，

你是一个倔强的人，为什么要哭呀！"我说："你不懂得
我的心，我实在太可怜他了。以前我一点都不懂得他，
现在我懂得了，他是一个很伟大的人，但是，他太可怜
了！……"李达先生说："你明白么？这一切哭泣都没有
用处！"我失神地望着他："没有用处……"我该怎样呢，
是的，悲痛有什么用！我要复仇！为了可怜的也频，为了
和他一道死难的烈士。我擦干了泪，立了起来，不知做什
么事好，就走到窗前去望天。天上是蓝粉粉的，有白云在
飞逝。

　　后来又有人来告诉我，他们是被乱枪打死的，他身
上有三个洞，同他一道被捕的冯铿身上有十三个。但这些
话都无动于我了，问题横竖是一样的。总之，他一生就这
样结束了。他用他的笔，他的血，替我们铺下了到光明去
的路，我们将沿着他的血迹前进。这样的人，永远值得我
纪念，永远为后代的模范。二十年来，我没有一时忘记过
他。我的事业就是他的事业。他人是死了，但他的理想活
着，他的理想就是人民的理想，他的事业就是人民的革命
事业，而这事业是胜利了啊！如果也频活着，眼看着这胜
利，他该是多么的愉快；如果也频还活着，他该对人民有

多少贡献啊！

　　也频死去已经快满二十年，尸骨成灰。据说今年上海已将他们二十四个人的骸体发现刨出，安葬。我曾去信询问，直到现在还没结果。但我相信会有结果的。

　　文化部决定要出也频遗作选集。最能代表他后期思想的作品是《到莫斯科去》与《光明在我们的前面》，从这两部作品中看得出他的生活的实感还不够多，但热情澎湃，尤其是《光明在我们的前面》的后几段，我以二十年后的对生活、对革命、对文艺的水平来读它，仍觉得心怦怦然，惊叹他在写作时的气魄与情感。他的诗的确是写得好的，他的气质是更接近于诗的，我现在还不敢多读它。在那诗里面，他对于社会与人生是那样地诅咒。我曾想，我们那时代真是太艰难了啊！现在我还不打算选他的诗，等到将来比较空闲时，我将重新整理，少数的、哀而不伤的较深刻的诗篇，是可以选出一本来的。他的短篇，我以为大半都不太好，有几篇比较完整些，也比较有思想性，如放在这集里，从体裁、从作用看都不大适合，所以我没有选用。经过再三思考，决定先出这一本，包括两篇就够了，并附了一篇张秀中同志的批评文章，以看出当时对也频作品的一般看法。

　　时间虽说过了二十年，但当我写他生平时，感情仍不免有所激动，因为我不易平伏这种感情，所以不免啰嗦，不切要点。但总算完成了一件工作，即使是完成得不够好，愿我更努力工作来填满许多不易填满的遗憾。

1950 年 11 月 15 日于北京

桃李春风一杯酒

鲁迅翁杂忆

夏丏尊

　　我认识鲁迅翁，还在他没有鲁迅的笔名以前。我和他在杭州两级师范学校相识，晨夕相共者好几年，时候是前清宣统年间。那时他名叫周树人，字豫才，学校里大家叫他周先生。

　　那时两级师范学校有许多功课是聘用日本人为教师的，教师所编的讲义要人翻译一遍，上课的时候也要有人在旁边翻译。我和周先生在那里所担任的就是这翻译的职务。我担任教育学科方面的翻译，周先生担任生物学科方面的翻译。此时，他还兼任着几点钟的生理卫生的教课。

　　翻译的职务是劳苦而且难以表现自己的，除了用文字语言传达他人的意思以外，并无任何可以显出才能的地方。周先生在学校里却很受学生尊敬，他所译的讲义就很被人称赞。那时白话文尚未流行，古文的风气尚盛，周先生对于古文的造诣，在当时出版不久的《域外小说集》里已经显出。以那样的精美的文字来译动物植物的讲义，在现在看来似乎是浪费，可是在三十年前重视文章的时代，是很受欢迎的。

周先生教生理卫生，曾有一次答应了学生的要求，加讲生殖系统。这事在今日学校里似乎也成问题，何况在三十年以前的前清时代。全校师生们都为惊讶，他却坦然地去教了。他只对学生提出一个条件，就是在他讲的时候不许笑。他曾向我们说："在这些时候不许笑是个重要条件。因为讲的人的态度是严肃的，如果有人笑，严肃的空气就破坏了。"大家都佩服他的卓见。据说那回教授的情形果然很好。别班的学生因为没有听到，纷纷向他来讨油印讲义看，他指着剩余的油印讲义对他们说："恐防你们看不懂的，要么，就拿去。"原来他的讲义写得很简，而且还故意用着许多古语，用"也"字表示女阴，用"了"字表示男阴，用"糸"字表示精子，诸如此类，在无文字学素养未曾亲听过讲的人看来，好比一部天书了。这是当时的一段珍闻。

周先生那时虽尚年青，丰采和晚年所见者差不多。衣服是向不讲究的，一件廉价的羽纱——当年叫洋官纱——长衫，从端午前就着起，一直要着到重阳。一年之中，足足有半年看见他着洋官纱，这洋官纱在我记忆里很深。民国十五年（1926）初秋他从北京到厦门教书去，路过上海，上海的朋友们请他吃饭，他着的依旧是洋官纱。我对了这二十年不见的老朋友，握手以后，不禁提出"洋官纱"的话来。"依旧是洋官纱吗？"我笑说。"呃，还是洋官纱！"他苦笑着回答我。

周先生的吸卷烟是那时已有名的。据我所知，他平日吸的都是廉价卷烟，这几年来，我在内山书店时常碰到他，见他所吸的总是金牌、品海牌一类的卷烟。他在杭州的时候，所吸的记得是强盗牌。那时他晚上总睡得很迟，强盗牌香烟、条头糕，这两件是他每夜必须的粮。服侍他的斋夫叫陈福。陈福对于他的任务，有一件就是每晚摇寝铃以前替他买好强盗牌香烟和条头糕。我每夜到他那里去闲谈，到摇寝铃的时候，总见陈福拿进强盗牌和条头糕来，星期六的夜里备得更富足。

　　周先生每夜看书，是同事中最会熬夜的一个。他那时不做小说，文学书是喜欢读的。我那时初读小说，读的以日本人的东西为多，他赠了我一部《域外小说集》，使我眼界为之一广。我在二十岁以前曾也读过西洋小说的译本，如小仲马、狄更斯诸家的作品，都是从林琴南的译本读到过的。《域外小说集》里所收的是比较近代的作品，而且都是短篇，翻译的态度、文章的风格，都和我以前所读过的不同。这在我是一种新鲜味。自此以后，我于读日本人的东西以外，又搜罗了许多日本人所译的欧美作品来读，知道的方面比较多起来了。他从五四以来，在文字上、思想上，大大地尽过启蒙的努力。我可以说在三十年前就受他启蒙的一个人，至少在小说的阅读方面。

　　周先生曾学过医学。当时一般人对于医学的见解，还没有现在的明了，尤其关于尸体解剖等类的话，是很新奇的。闲谈的时候，常有人提到这尸体解剖的题目，请他讲讲"海外奇谈"。他都一一说给他们听。据他说，他曾经解剖过不少的尸体，有老年的，壮年的，男的，女的。依他的经验，最初也曾感到不安，后来就不觉得什么了，不过对于青年的妇人和小孩的尸体，当开始去破坏的时候，常会感到一种可怜不忍的心情。尤其是小孩的尸体，更觉得不好下手，非鼓起了勇气，拿不起解剖刀来。我曾在这些谈话上领略到他的人间味。

周先生很严肃，平时是不大露笑容的，他的笑必在诙谐的时候。他对于官吏似乎特别憎恶，常摹拟官场的习气，引人发笑。现在大家知道的"今天天气……哈哈"一类的摹拟谐谑，那时从他口头已常听到。他在学校里是一个幽默者。

忆六逸先生

郑振铎

　　谢六逸先生是我们朋友里面的一个被称为"好人"的人，和耿济之先生一样，从来不见他有疾言厉色的时候。他埋头做事，不说苦、不叹穷、不言劳。凡有朋友们的委托，他无不尽心尽力以赴之。我写《文学大纲》的时候，对于日本文学一部分，简直无从下手，便是由他替我写下来的——关于苏联文学的一部分是由瞿秋白先生写的。但他从来不曾向别人提起过。假如没有他的有力的帮忙，那部书是不会完成的。

　　他很早的便由故乡贵阳到日本留学。在早稻田大学毕业后，就到上海来做事。我们同事了好几年，也曾一同在一个学校里教过书。我们同住在一处，天天见面，天天同出同入，彼此的心是雪亮的。从来不曾有过芥蒂，也从来不曾有过或轻或重的话语过。彼此皆是二十多岁的人。——我们是同庚——过着很愉快的生活，各有梦想，各有致力的方向，各有自己的工作在做着。六逸专门研究日本文学和文艺批评。关于日本文学的书，他曾写过三部以上。有系统的介绍日本文学的人，恐怕除他之外，还不曾有过第二个人。他曾发愿要译紫式部的《源氏物语》，我也极力怂恿他做这个大工作。后来不知道为什么他竟没有动笔。

他和其他的从日本留学回来的人，显得落落寡合。他没有丝毫的门户之见。他其实是外圆而内方的。有所不可，便决不肯退让一步。他喜欢和谈得来的朋友们在一道，披肝沥胆，无所不谈。但遇到了生疏些的人，他便缄口不发一言。

我们那时候，学会了喝酒，学会了抽烟。我们常常到小酒馆里去喝酒，喝得醉醺醺的回来。他总是和我们在一道，但他却是滴酒不入的。有一次，我喝了大醉回来，见到天井里的一张藤的躺椅，便倒了下去，沉沉入睡。不知什么时候，被他和地山二人抬到了楼上，代为脱衣盖被。现在，他们二人都已成了故人，我也很少有大醉的时候。想到少年时代的狂浪，能不有"车过腹痛"之感！

我老爱和他开玩笑，他总是笑笑，说道"就算是这样吧"。那可爱的带着贵州腔的官话，仿佛到现在还在耳边响着。然而我们却再也听不到他的可爱的声音了！

我们一直同住到我快要结婚的时候，方才因为我的迁居而分开。

那时候，我们那里常来住住的朋友们很多。地山的哥哥敦谷，一位极忠厚而对于艺术极忠心的画家，也住在那儿。滕固从日本回国时，也常在我们这里住。六逸和他们都很合得来。我们都不善于处理日常家务，六逸是负起了经理的责任的。他担任了那些琐屑的事务，毫无怨言，且处理得很有条理。

我的房里，乱糟糟的，书乱堆，画乱挂，但他的房里却收拾得整整有条，火炉架上，还陈列了石膏像之类的东西。

他开始教书了。他对于学生们很和气，很用心的指导他们，从来不曾显出不耐烦的心境过。他的讲义是很有条理的。写成了，就是一部很好的书。他的《日本文学史》，就是以他的讲义为底稿的。他对于学生们的文稿和试卷，也评改得很认真，没有一点马糊。好些喜欢投稿的学生，往往先把稿子给他评改。但他却从不迁就他们，从不马糊的给他们及格的分数。他永远是"外圆内方"的。

曾经有一件怪事，发生过。他在某大学里做某系的主任，教"小说概论"。过了一二年，有一个荒唐透顶的学生，到他家里，求六逸为他写的《小说概论》做一篇序，预备出版。他并没有看书，就写了。后来，那部书出版了，他拿来一看，原来就是他的讲义，差不多一字不易。我们都很生气。但他只是笑笑。不过从此再也不教那门课程了。他虽然是好脾气，对此种欺诈荒唐的行为，自不能不介介于心，他生性忠厚，却从来不曾揭发过。

他教了二十六七年的书，尽心尽责的。复旦大学的新闻学系，由他主持了很久的时候。在"七七"的举国抗战开始后，他便全家迁到后方去。总有三十年不曾回到他的故乡了，这是第一次的归去。他出来时是一个人，这一次回去，已经是儿女成群的了。那么远迢迢的路，那么艰难困顿的途程，他和他夫人，携带了自十岁到抱在怀里的几个小娃子们走着，那辛苦是不用说的。

自此一别，便成了永别，再也不会见到他了！胜利之后，许多朋友们都由后方归来了，他的夫人也携带了他的孩子们东归了，但他却永远永远的不再归来了！他的最小的一个孩子，现在已经靠十岁了。

记得我们别离的时候，我到他的寓所里去送别。房里家具凌乱的放着，一个孩子还在喂奶，他还是那么从容徐缓的说道："明天就要走了。"然而，我们的眼互相的望着，各有说不出的黯然之感。不料此别便是永别！

他从来没有信给我——仿佛只有过一封信吧，而这信也已抛失了——他知道我的环境的情形，也知道我行踪不定，所以，不便来信，但每封给上海友人的信，给调孚的信，总要问起我来。他很小心，写信的署名总是用的假名字，提起我来，也用的是假名字。他是十分小心而仔细的。

他到了后方，为了想住在家乡之故，便由复旦而转到大夏大学授课。后来，又在别的大学里兼课，且也在交通书局里担任编辑部的事。贵阳几家报纸的文学副刊，也多半由他负责编辑。他为了生活的清苦，不能不多兼事。而他办事，又是尽心尽力的，不肯马糊，所以，显得非常的疲劳，体力也日见衰弱下去。

生活的重担，压下去，压下去，一天天的加重，终于把他压倒在地。他没有见到胜利，便死在贵阳。

他素来是乐天的，胖胖的，从来不曾见过他的愤怒。但听说，他在贵阳时，也曾愤怒了好几回。有一次，一个主省政的官吏，下令要全贵阳的人都穿上短衣，不许着长衫。警察在街上，执着剪刀，一见有身穿长衫的人，便将下半截剪了去。这个可笑的人，听说便是下令把四川全省靠背椅的靠背全部锯了去的。六逸愤怒了！他对这幼稚任性，违抗人民自由与法律尊严的命令不断的攻击着。他的论点正确而有力。那个人结果是让步了，取消了那道可笑的命令。六逸其他为了人民而争斗的事，听说还有不少。这愤怒老在烧灼着他的心。靠五十岁的人也没有少年时代的好涵养了。

时代迫着他愤怒、争斗，但同时也迫着他为了生活的重担而穷苦而死。

这不是他一个人所独自走着的路。许多有良心的文人们都走着同样的路。

我们能不为他——他们——而同声一哭么？

1947 年 7 月 17 日写

记黄小泉先生

郑振铎

　　我永远不能忘记了黄小泉先生。他是那样的和蔼、忠厚、热心、善诱。受过他教诲的学生们没有一个能够忘记了他。

　　他并不是一位出奇的人物；他没有赫赫之名；他不曾留下什么有名的著作，他不曾建立下什么令年轻人眉飞色舞的功勋。他只是一位小学教员，一位最没有野心的忠实的小学教员。他一生以教人为职业。他教导出不少位的很好的学生。他们都跑出他的前面，跟着时代走去，或被时代拖了走去。但他留在那里，永远的继续的在教诲，在勤勤恳恳的做他的本分的事业。他做了五年，做了十年，做了二十年的小学教员，心无旁骛，志不他迁，直到他儿子炎甫承继了他的事业之后，他方才歇下他的担子，去从事一件比较轻松些、舒服些的工作。

他是一位最好的公民。他尽了他所应尽的最大的责任；不曾一天躲过懒，不曾想到过变更他的途程。——虽然在这二十年间尽有别的机会给他向比较轻松些、舒服些的路上走去。他只是不息不倦的教诲着，教诲着，教诲着。

小学校便是他的家庭之外的唯一的工作与游息之所。他没有任何不良的嗜好，连烟酒也都不入口。

有一位工人出身的厂主，在他从绑票匪的铁腕之下脱逃出来的时候，有人问他道："你为什么会不顾生死的脱逃出来呢？"

他答道："我知道我会得救。我生平不曾做过一件亏心的事，从工厂出来便到礼拜堂；从家里出来便到工厂。我知道上帝会保佑我的。"

小泉先生的工厂，便是他的学校，而他的礼拜堂也便是他的学校。他是确确实实的不曾到过第三个地方去；从家里出来便到学校，从学校出来便到家里。

他在家里是一位最好的父亲。他当然不是一位公子少爷，他父亲不曾为他留下多少遗产。也许只有一所三四间屋的瓦房——我已经记不清了，说不定这所瓦房还是租来的。他的薪水的收入是很微小的，但他的家庭生活很快活。他的儿子炎甫从少是在他的"父亲兼任教师"的教育之下长大的。炎甫进了中学，可以自力研究了，他才放手。但到了炎甫在中学毕业之后，却因为经济的困难，没有希望升学，只好也在家乡做着小学教员。炎甫的收入极小，对于他的帮助当然是不多。这几十年间，他们的一家，这样的在不充裕的生活里度过。

但他们很快活。父子之间，老是像朋友似的在讨论着什么，在互相帮助着什么。炎甫结了婚。他的妻是我少时候很熟悉的一位游伴。她在他们家里觉得很舒服。他们从不曾有过什么不愉快的争执。

小泉先生在学校里，对于一般小学生的态度，也便是像对待他自己的儿子炎甫一样；不当他们是被教诲的学生们，不以他们为知识不充足的小人们；他只当他们是朋友，最密切亲近的朋友。他极善诱导启发，出之以至诚，发之于心坎。我从不曾看见他对于小学生有过疾言厉色的责备。有什么学生犯下了过错，他总是和蔼的在劝告，在絮谈，在闲话。

没有一个学生怕他，但没有一个学生不敬爱他。

他做了二十年的高等小学校的教员、校长。他自己原是科举出身。对于新式的教育却努力的不断的在学习，在研究，在讨论。在内地，看报的人很少，读杂志的人更少；我记得他却定阅了一份《教育杂志》，这当然给他以不少的新的资料与教导法。

他是一位教国文的教师。所谓国文，本来是最难教授的东西；清末到民国六七年间的高等小学的国文，尤其是困难中之困难。不能放弃了旧的"四书五经"，同时又必须应用到新的教科书。教高小学生以《左传》《孟子》和《古文观止》之类是"对牛弹琴"之举。但小泉先生却能给我们以新鲜的材料。

我在别一个小学校里，国文教员拖长了声音，板正了脸孔，教我读《古文观止》。我至今还恨这部无聊的选本！

但小泉先生教我念《左传》，他用的是新的方法，我却很感到趣味。

仿佛是，到了高小的第二年，我才跟从了小泉先生念书。我第一次有了一位不可怕而可爱的先生。这对于我爱读书的癖性的养成是很有关系的。

高小毕业后，预备考中学。曾和炎甫等几个同学，在一所庙宇里补习国文。教员也便是小泉先生。在那时候，我的国文，进步得最快。我第一次学习着作文。我永远不能忘记了那时候的快乐的生活。

到进了中学校，那国文教师又在板正了脸孔，拖长了声音在念《古文观止》！求小泉先生时代那末活泼善诱的国文教师是终于不可得了！

所以，受教的日子虽不很多，但我永远不能忘记了他。

他和我家有世谊，我和炎甫又是很好的同学，所以，虽离开了他的学校，他还不断的在教诲我。

假如我对于文章有什么一得之见的话，小泉先生便是我的真正的"启蒙先生"，真正的指导者。

我永远不能忘记了他，永远不能忘记了他的和蔼，忠厚，热心，善诱的态度——虽然离开了他已经有十几年，而现在是永不能有再见到他的机会了。

但他的声音笑貌在我还鲜明如昨日！

1934 年 7 月 9 日在张家口车上

雕刻家刘开渠

郁达夫

　　我的同刘开渠认识，是在十三四年前头，大约总当民国十一二年的中间。那时候，我初从日本回来，办杂志也办不好，军阀专政，社会黑暗到了百分之百，到处碰壁的结果，自然只好到北京去教书。

　　在我兼课的学校之中，有一个是京畿道的美术专门学校；这学校仿佛是刚在换校长闹风潮的大难之余，所以上课的时候，学生并不多，而教室里也穷得连煤炉子都生不起。同事中间，有一位法国画家，一位齐老先生，是很负盛名的；此外则已故的陈晓江氏，教美术史的邓叔存以及教日文的钱稻孙氏，比较得和我熟识，往来得也密一点。

我们在平时往来的谈话中间，有一次忽而谈到了学生们的勤惰，而刘开渠的埋头苦干、边幅不修的种种情节，却是大家所公认的事实。我因为是风潮之后，新进去教书的人，所以当时还不能指出那一个是刘开渠来。

过得不久，有一位云南的女学生以及一位四川的青年，同一位身体长得很高、满头长发、脸骨很曲折有点像北方人似的青年来访问我了；介绍之下，我才晓得这一位像北方人似的青年就是刘开渠。

他说话呐呐不大畅达，面上常漾着苦闷的表情，而从他的衣衫的褴褛，面色的青黄上看去，一眼就可以看出他的埋头苦干、边幅不修的精神来。初次见面的时候，我只记得他说的话一共还不上十句。

后来熟了，见面的机会自然也多了起来，我私自猜度猜度他的个性，估量估量他的体格，觉得像他那样的人，学洋画还不如去学雕刻；若教他提锥运凿，大刀阔斧的运用起他的全身体力和脑力来，成就一定还要比捏了彩笔，在画布上涂涂，来得更大。我的这一种茫然的预感，现在却终于成了事实了。

民国十二年（1923）以后，我去武昌，回上海，又下广东，与北京就断了缘分。七八年来，东奔西走，在政治局面混乱变更的当中，我一直没和他见面，并且也没有听到他的消息。前年五月，迁来杭州，将近年底的时候，福熙因为生了女儿，在湖滨的一家菜馆，大开汤饼之会；于这一个席上，我又突然遇见了他，才晓得他在西湖的艺专里教雕刻。

他的苦闷的表情、高大的身体和呐呐不大会说话的特征，还是和十年前初见面时一样，但经了一番巴黎的洗练，衣服修饰，却完美成一个很有身分的绅士了；满头的长发上，不消说是加上了最摩登的保马特。自从这一次见面之后，我因为离群索居，枯守在杭州的缘故，空下来时常去找他；他也因为独身在工房里作工的孤独难耐，有时候也常常来看我。往来两年间的闲谈，使我晓得他跟法国的那位老大家详蒲奢（Jean Boucher）学习雕刻时的苦心孤诣，使我晓得了他对于中国一般艺术政治家的堕落现状所坚持的特立独行。我们谈到了罗丹，谈到了色尚，更谈到了左拉的那册以色尚为主人公的小说 *L'Oeuvre*（《杰作》），他自己虽则不说，但我们在深谈之下，自然也看出了他的同那篇小说里的主人公似的抱负。

他的雕刻，完全是他的整个人格的再现；力量是充足的，线条是遒劲的，表情是苦闷的；若硬要指出他的不足之处来，或者是欠缺一点生动罢？但是立体的雕刻和画面不同，德国守旧派的美术批评家所常说的"静中之动，动中之静（Bewegung in Ruhe,Ruhe in Bewegung）"等套话，在批评雕刻的时候，却不能够直抄的。

他的雕刻的遒劲、猛实、粗枝大叶的趣味，尤其在他的 Designs（设计图）里，可以看得出来；疏疏落落的几笔之中，真孕育着多少的力量，多少的生意！

新近，他为八十八师阵亡将士们造的纪念铜像铸成了，比起那些卖野人头的雕塑师的滑技来，相差得实在太远，远得几乎不能以言语来形容。一个是有良心的艺术品，一个是骗小孩子们的糖菩萨。这并非是我故意为他捧场的私心话，成绩都在那里，是大家日日看见的东西。铜像下的四块浮雕，又是何等富于实感的杰作！

刘开渠的年纪还正轻着（今年只二十九岁），当然将来还有绝大的进步。他虽则在说："我在中国住，远不如在法国替详蒲奢做助手时的快活。"可是重重被压迫的中国民众对于表现苦闷的艺术品，对于富有生气和力量的艺术品，也未始不急急在要求。中国的艺术，中国的民众，以及由这些民众之中喊出来的呼声民气，是永不会亡的，刘氏此后，应该常常想到这一点才对。

1935 年 1 月 24 日

辑五

此情可待成追忆

追忆曾孟朴先生

胡适

　　我在上海做学生的时代，正是东亚病夫①的《孽海花》在《小说林》上陆续刊登的时候，我的哥哥绍之曾对我说这位作者就是曾孟朴先生。

　　隔了近二十年，我才有认识曾先生的机会，我那时在上海住家，曾先生正在发愿努力翻译法国文学大家嚣俄的戏剧全集。我们见面的次数很少，但他的谦逊虚心，他的奖掖的热心，他的勤奋工作都使我永永不能忘记。

---

① 东亚病夫，清末民国间小说家曾朴（1872—1935）的笔名。其所撰长篇小说《孽海花》为"晚清四大谴责小说"之一。

　　我在民国六年七年之间，曾在《新青年》上和钱玄同先生通讯讨论中国新旧的小说，在那些讨论里我们当然提到《孽海花》，但我曾很老实的批评《孽海花》的短处。十年后我见着曾孟朴先生，他从不曾向我辩护此书，也不曾因此减少他待我的好意。

　　他对我的好意和他对于我的文学革命主张的热烈的同情，都曾使我十分感动，他给我的信里曾有这样的话："您本是……国故田园里培养成熟的强苗，在根本上，环境上，看透了文学有改革的必要，独能不顾一切，在遗传的重重罗网里杀出一条血路来，终究得到了多数的同情，引起了青年的狂热。我不佩服你别的，我只佩服你当初这种勇决的精神，比着托尔斯泰弃爵放农身殉主义的精神，有何多让！"这样热烈的同情，从一位自称"时代消磨了色彩的老文人"坦白的表述出来，如何能不使我又感动又感谢呢！

　　我们知道他这样的热情一部分是因为他要鼓励一个年轻的后辈，大部分是因为他自己也曾发过"文学狂"，也曾发下宏愿要把外国文学的重要作品翻译成中国文，也曾有过"扩大我们文学的旧领域"的雄心。正因为他自己是一个梦想改革中国文学的老文人，所以他对于我们一班少年人都抱着热烈的同情，存着绝大的期望。

我最感谢的一件事是我们的短短交谊居然引起了他写给我的那封六千字的自叙传的长信。在那信里，他叙述他自己从光绪乙未（1895）开始学法文，到戊戌（1898）认识了陈季同将军，方才知道西洋文学的源流派别和重要作家的杰作。后来他开办了小说林和宏文馆书店——我那时候每次走过棋盘街，总感觉这个书店的双名有点奇怪——他告诉我们，他的原意是要"先就小说上做成个有系统的译述，逐渐推广范围，所以店名定了两个"。他又告诉我们，他曾劝林琴南先生用白话翻译外国的"重要名作"，但林先生听不懂他的劝告，他说："我在畏卢先生（林纾）身上不能满足我的希望后，从此便不愿和人再谈文学了。"他对于我们的文学革命论十分同情，正是因为我们的主张是比较能够"满足他的希望"的。

但是他的冷眼观察使他对于那个开创时期的新文学"总觉得不十分满足"，他说："我们在这新辟的文艺之园里巡游了一周，敢说一句话：精致的作品是发现了，只缺少了伟大。"这真是他的老眼无花，一针见血！他指出中国新文艺所以缺乏伟大，不外两个原因：一是懒惰，一是欲速。因为懒惰，所以多数少年作家只肯做那些"用力少而成功易"的小品文和短篇小说。因为欲速，所以他们"一开手便轻蔑了翻译，全力提倡创作"。他很严厉的对我们说："现在要完成新文学的事业，非力防这两样毛病不可，欲除这两样毛病，非注重翻译不可。"他自己创办真美善书店，用意只是要替中国新文艺补偏救弊，要替它医病，要我们少年人看看他老人家的榜样，不可轻蔑翻译事业，应该努力"把世界已造成的作品，做培养我们创造的源泉"。

我们今日追悼这一位中国新文坛的老先觉，不要忘了他留给我们的遗训！

1933 年 9 月 11 日夜半，在上海新亚饭店

背影

朱自清

　　我与父亲不相见已二年余了，我最不能忘记的是他的背影。那年冬天，祖母死了，父亲的差使也交卸了，正是祸不单行的日子。我从北京到徐州，打算跟着父亲奔丧回家。到徐州见着父亲，看见满院狼藉的东西，又想起祖母，不禁簌簌地流下眼泪。父亲说："事已如此，不必难过，好在天无绝人之路！"

　　回家变卖典质，父亲还了亏空；又借钱办了丧事。这些日子，家中光景很是惨淡，一半为了丧事，一半为了父亲赋闲。丧事完毕，父亲要到南京谋事，我也要回北京念书，我们便同行。

　　到南京时，有朋友约去游逛，勾留了一日；第二日上午便须渡江到浦口，下午上车北去。父亲因为事忙，本已说定不送我，叫旅馆里一个熟识的茶房陪我同去。他再三嘱咐茶房，甚是仔细。但他终于不放心，怕茶房不妥帖；颇踌躇了一会。其实我那年已二十岁，北京已来往过两三次，是没有甚么要紧的了。他踌躇了一会，终于决定还是自己送我去。我两三回劝他不必去；他只说："不要紧，他们去不好！"

　　我们过了江，进了车站。我买票，他忙着照看行李。行李太多了，得向脚夫行些小费，才可过去。他便又忙着和他们讲价钱。我那时真是聪明过分，总觉他说话不大漂亮，非自己插嘴不可。但他终于讲定了价钱，就送我上车。他给我拣定了靠车门的一张椅子，我将他给我做的紫毛大衣铺好坐位。他嘱我路上小心，夜里警醒些，不要受凉。又嘱托茶房好好照应我。我心里暗笑他的迂；他们只认得钱，托他们直是白托！而且我这样大年纪的人，难道还不能料理自己么？唉，我现在想想，那时真是太聪明了！

　　我说道："爸爸，你走吧。"他往车外看了看说："我买几个橘子去。你就在此地，不要走动。"我看那边月台的栅栏外有几个卖东西的等着顾客。走到那边月台，须穿过铁道，须跳下去又爬上去。父亲是一个胖子，走过去自然要费事些。我本来要去的，他不肯，只好让他去。我看见他戴着黑布小帽，穿着黑布大马褂，深青布棉袍，蹒跚地走到铁道边，慢慢探身下去，尚不大难。可是他穿过铁道，要爬上那边月台，就不容易了。他用两手攀着上面，两脚再向上缩；他肥胖的身子向左微倾，显出努力的样子。这时我看见他的背影，我的泪很快地流下来了。我赶紧拭干了泪，怕他看见，也怕别人看见。我再向外看时，他已抱了朱红的橘子往回走了。过铁道时，他先将橘子散放在地上，自己慢慢爬下，再抱起橘子走。到这边时，我赶紧去搀他。他和我走到车上，将橘子一股脑儿放在我的皮大衣上。于是扑扑衣上的泥土，心里很轻松似的。过一会说："我走了，到那边来信！"我望着他走出去。他走了几步，回过头看见我，说："进去吧，里边没人。"等他的背影混入来来往往的人里，再找不着了，我便进来坐下，我的眼泪又来了。

　　近几年来，父亲和我都是东奔西走，家中光景是一日不如一日。他少年出外谋生，独力支持，做了许多大事。哪知老境却如此颓唐！他触目伤怀，自然情不能自已。情郁于中，自然要发之于外；家庭琐屑便往往触他之怒。他待我渐渐不同往日。但最近两年的不见，他终于忘却我的不好，只是惦记着我，惦记着我的儿子。我北来后，他写了一信给我，信中说道："我身体平安，惟膀子疼痛利害，举箸提笔，诸多不便，大约大去之期不远矣。"我读到此处，在晶莹的泪光中，又看见那肥胖的，青布棉袍，黑布马褂的背影。唉！我不知何时再能与他相见！

1925 年 10 月在北京

我所见的叶圣陶

朱自清

　　我第一次与圣陶见面是在民国十年（1921）的秋天。那时刘延陵兄介绍我到吴淞炮台湾中国公学教书。到了那边，他就和我说："叶圣陶也在这儿。"我们都念过圣陶的小说，所以他这样告我。我好奇地问道："怎样一个人？"出乎我的意外，他回答我："一位老先生哩。"但是延陵和我去访问圣陶的时候，我觉得他的年纪并不老，只那朴实的服色和沉默的风度与我们平日所想象的苏州少年文人叶圣陶不甚符合罢了。

　　记得见面的那一天是一个阴天。我见了生人照例说不出话；圣陶似乎也如此。我们只谈了几句关于作品的泛泛的意见，便告辞了。延陵告诉我每星期六圣陶总回甪直去；他很爱他的家。他在校时常邀延陵出去散步；我因与他不熟，只独自坐在屋里。不久，中国公学忽然起了风潮。我向延陵说起一个强硬的办法；——实在是一个笨而无聊的办法！——我说只怕叶圣陶未必赞成。但是出乎我的意外，他居然赞成了！后来细想他许是有意优容^①我们吧；这真是老大哥的态度呢。我们的办法天然是失败了，风潮延宕下去；于是大家都住到上海来。我和圣陶差不多天天见面；同时又认识了西谛、予同诸兄。这样经过了一个月，这一个月实在是我的很好的日子。

我看出圣陶始终是个寡言的人。大家聚谈的时候，他总是坐在那里听着。他却并不是喜欢孤独，他似乎老是那么有味地听着。至于与人独对的时候，自然多少要说些话；但辩论是不来的。他觉得辩论要开始了，往往微笑着说："这个弄不大清楚了。"这样就过去了。他又是个极和易的人，轻易看不见他的怒色。他辛辛苦苦保

① 优容，指宽容。

存着的《晨报》副张，上面有他自己的文字的，特地从家里捎来给我看；让我随便放在一个书架上，给散失了。当他和我同时发见这件事时，他只略露惋惜的颜色，随即说："由他去末哉，由他去末哉！"我是至今惭愧着，因为我知道他作文是不留稿的。他的和易出于天性，并非阅历世故，矫揉造作而成。他对于世间妥协的精神是极厌恨的。在这一月中，我看见他发过一次怒；——始终我只看见他发过这一次怒——那便是对于风潮的妥协论者的蔑视。

风潮结束了，我到杭州教书。那边学校当局要我约圣陶去。圣陶来信说："我们要痛痛快快游西湖，不管这是冬天。"他来了，教我上车站去接。我知道他到了车站这一类地方，是会觉得寂寞的。他的家实在太好了，他的衣着，一向都是家里管。我常想，他好像一个小孩子；像小孩子的天真，也像小孩子的离不开家里人。必须离开家里人时，他也得找些熟朋友伴着；孤独在他简直是有些可怕的。所以他到校时，本来是独住一屋的，却愿意将那间屋做我们两人的卧室，而将我那间做书室。这样可以常常相伴；我自然也乐意。我们不时到西湖边去；

有时下湖，有时只喝喝酒。在校时各据一桌，我只预备功课，他却老是写小说和童话。初到时，学校当局来看过他。第二天，我问他："要不要去看看他们？"他皱眉道："一定要去么？等一天吧。"后来始终没有去。他是最反对形式主义的。

那时他小说的材料，是旧日的储积；童话的材料有时却是片刻的感兴。如《稻草人》中《大喉咙》一篇便是。那天早上，我们都醒在床上，听见工厂的汽笛；他便说："今天又有一篇了，我已经想好了，来的真快呵。"那篇的艺术很巧，谁想他只是片刻的构思呢！他写文字时，往往拈笔伸纸，便手不停挥地写下去，开始及中间，停笔踌躇时绝少。他的稿子极清楚，每页至多只有三五个涂改的字。他说他从来是这样的。每篇写毕，我自然先睹为快；他往往称述结尾的适宜，他说对于结尾是有些把握的。看完，他立即封寄《小说月报》；照例用平信寄。我总劝他挂号，但他说："我老是这样的。"他在杭州不过两个月，写的真不少，教人羡慕不已。《火灾》里从《饭》起到《风潮》这七篇，还有《稻草人》中一部分，都是那时我亲眼看他写的。

在杭州待了两个月，放寒假前，他便匆匆地回去了；他实在离不开家，临去时让我告诉学校当局，无论如何不回来了。但他却到北平住了半年，也是朋友拉去的。我前些日子偶翻十一年（1922）的《晨报副刊》，看见他那时途中思家的小诗，重念了两遍，觉得怪有意思。北平回去不久，便入了商务印书馆编译部，家也搬到上海。从此在上海待下去，直到现在——中间又被朋友拉到福州一次，有一篇《将离》抒写那回的别恨，是缠绵悱恻的文字。这些日子，我在浙江乱跑，有时到上海小住，他常请了假和我各处玩儿或喝酒。有一回，我便住在他家，但我到上海，总爱出门，因此他老说没有能畅谈；他写信给我，老说这回来要畅谈几天才行。

十六年一月，我接着北来，路过上海，许多熟朋友和我饯行，圣陶也在。那晚我们痛快地喝酒，发议论；他是照例地默着。酒喝完了，又去乱走，他也跟着。到了一处，朋友们和他开了个小玩笑；他脸上略露窘意，但仍微笑地默着。圣陶不是个浪漫的人；在一种意义上，他正是延陵所说的"老先生"。但他能了解别人，能谅解别人，他自己也能"作达"，所以仍然——也许格外——

是可亲的。那晚快夜半了，走过爱多亚路，他向我诵周美成①的词："酒已都醒，如何消夜永！"我没有说什么；那时的心情，大约也不能说什么的。我们到一品香又消磨了半夜。这一回特别对不起圣陶；他是不能少睡觉的人。他家虽住在上海，而起居还依着乡居的日子；早七点起，晚九点睡。有一回我九点十分去，他家已熄了灯，关好门了。这种自然的、有秩序的生活是对的。那晚上伯祥说："圣兄明天要不舒服了。"想起来真是不知要怎样感谢才好。

第二天我便上船走了，一眨眼三年半，没有上南方去。信也很少，却全是我的懒。我只能从圣陶的小说里看出他心境的迁变；这个我要留在另一文中说。圣陶这几年里似乎到十字街头走过一趟，但现在怎么样呢？我却不甚了然。他从前晚饭时总喝点酒，"以半醺为度"；近来不大能喝酒了，却学了吹笛——前些日子说已会一出《八阳》，现在该又会了别的了吧。他本来喜欢看看电影，现在又喜欢听听昆曲了。但这些都不是"厌世"，如或人所说的；

────────────

① 周邦彦（1056—1121），字美成，号清真居士。北宋词人。

圣陶是不会厌世的，我知道。又，他虽会喝酒，加上吹笛，却不曾抽什么"上等的纸烟"，也不曾住过什么"小小别墅"，如或人所想的，这个我也知道。

1930 年 7 月，北平清华园

追念同轩老人

王统照

人苟有朝闻道夕死可矣之志，则不肯一日安于所不安也。……人不能若此者只为不见实理；实理者实见得是，实见得非。……古人有捐躯殒命者，若不实见得则乌能如此。须是实见得，生不重于义，生不安于死也。

——二程语录中语

同轩老人致记者的最后诗函

……上月接手谕并诗，读之可惊可怖，可歌可泣，犹忆某书中有希腊之花，昔何荣猗盖吊词也！今尊作祝词也，钦佩之至！待尔舒眉一笑时，此某诚心所馨香祷告者也！现在城中极安静，诸业如常，唯杞忧妄抱在所不免。在有职者各尽其职，有力者各致其力，以听大运之转移耳，孔子曰：素贫贱行乎贫贱，素患难行乎患难，某从事斯语矣。暑间假旋太速，未得缅聆教诲，值此时局，益增思慕，勉成俚言借表区区，景仰之忱，并候著安！秋气多厉，伏惟自珍。

某顿首 十月十一日

一纸琳琅下草庐，忽将家国慰狂疏；自惭漏尽钟鸣日，值此风萧木落初；翘首暮云劳想象，夜窗班笔近何如？殷勤自护董氏简，留照神州劫火余。

敬求暇时斧削为恳

附录我赠同轩老人的旧诗略见交谊：

夏将尽矣，与同轩老人偶遇。

刻意独行老画师，相逢犹复壮心期。

新亭挥泪曾何益，苍茫斜阳欲尽时。

谭艺抒辞事事非，人间百念总相违。

尊前相对繁霜鬓，愁看飘零草木腓。

示同轩先生：

时危每少话从容，秋散沧州客里逢。

同望江河成浸溜，暂闻边塞息燧烽。

高明华屋耽歌舞，离乱荒村艰熟饔。

此意萧条谁记取，戈矛世事正恟恟。

再示同轩：

商气驱流炎，宵清月盈帘。

剧愁多丧乱，触物感留淹。

叠岸飞涛壮，孤云织雨纤。

况闻虫唧唧，忍复下重幨。

其二

骚屑终何似，谁知念汝劳？

空文留白屋，世网胃秋毫。

邀月傥能醉，当风意不豪。

莫言多艰困，饿骨满蓬蒿。

　　旧体诗六首皆作于二十一年（1932）秋初，时同轩老
人由他的故乡到某处游览，异地偶遇，每晚晤谈；往往慨
叹不已，便作了这几首诗。他那时已是五十多岁的老人，
论年纪、所学，以及环境，俱与我不同。但，他有艺术的
素养（从十四五岁习画写诗，老来愈为勤奋），与心情的
肫笃、思想的明睿，却与我成了忘年之交。他原是极穷困
的寒士出身，幼时受他人的救养，到中年，方能成立家
业，在小学中学授画；研究中医法，虽受人敦请，除少许
礼物外，向不要金钱报酬。他的绘画自以仿古者为多，但
人物取法唐人佛像及明末的老莲，讲究线条、设色，绝不
以轻快谐俗为则；尤长工细虫鸟，勾勒花卉，生鲜明丽，
不易多见。（他自五十岁后因目光不适便轻易不画细笔画
了。）至于他的为人，凡与相识者无不知道他的耿直热烈，
对人对己可以够到"清介"二字。虽是生活清苦，但非分
之财一文绝不妄取，非义的行为一丝一毫都不苟且从事，
看去不免有些迂气，而的确是旧社会的纯德君子，没一点

名士习气。我从十几岁时与他认识，后来，他的儿子随我在某大学上课，他却以古旧的师道待我，这在现代的学生家长中可以说是奇迹。我得到他相赠的大小画幅约有二十多幅：人物、花卉都全，上面有的题着他自作的诗句。（可惜如今都已散失。）函扎更多，无论楷、行，没一封不是郑重写出，绝不匆促敷衍。记得多年前我买得几种译本的医书送给他，他的欢喜感谢真可比捡得什么珍宝。不是只为那几本书，他觉得这是同情与友谊的投赠，所以十分重视，其实我不过偶尔寄给他罢了。举此一端，便可晓得他的为人。

自战事起后我与他很少通函，前面的一封信是那年十月十一日寄来的，也可说是他与我的绝笔。其时孤岛周围血战方酣，我曾以所作诗一首抄给他看，故他回信提到。从"素贫贱行乎贫贱，素患难行乎患难，某从事斯语矣"看来，他那份决定的志向真是养之有素了。他虽是老人，然而从清末时起，也看过不少的时代书，在那时是思想上的维新人物。平生对于气节最看得重，所以在孤城中便以自杀了其残年；据我所闻，他尚可衣食无虞，绝无外面的逼迫。他一生孤介，不在地方上办事，又廉洁自守，既无政责，亦无言责，年龄如此，衰病侵寻，本可闭户养生，但他眼见他所住的地方已成另一样的世界，亲友四散，心中痛苦，勉强生活，希望着不久可以重见变化。（这是揣想的话，否则他为什么待到一年后方自尽呢？）但经过年余，那座孤城仍然如旧，或因耳闻眼见的种种使他忍耐不下，遂于去年秋季的某日服毒自尽。他的家人急请医生治疗，因服毒过多终于不救。便这样，这位一生清白耿介的老艺术家自愿了却就衰的生命！我对这位老人，尊敬他比痛念他的心更为真切。论责任，论家庭生活，一切他都无死法，但他究竟在那样地方找到精神上的解脱，对得起自心，对得起他的性格，与平生正义感的素养。他寂寞地生活着，洒脱地也是寂寂地死去。这种沉默中的坚实、伟大，正是一个有历史有文化的社会的要素。

所谓"行己有耻"，所谓"所爱有甚于生者"，这位老画家真能从容履行这两句古训的精义。

幸而他最后寄我的诗函未曾遗失，也许自有"缘"在？（这不是迷信语。）前因积存友人的旧函颇多，丢掉了些，但这封遗书却还夹在一本旧籍里，所以现在我还可抄出来纪念他。当时，怎能还想到这是他与我的绝笔！

他日有暇，或知他死事更详细时，我应该给他写一篇传，告诉出这位清白老人的平生。